MW01138204

Hada de las letras

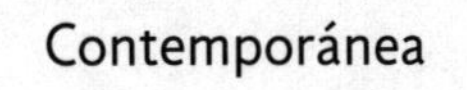

Ana Clavel

Las Violetas son flores del deseo

DEBOLS!LLO

Las Violetas son flores del deseo

Primera edición en Debolsillo: mayo, 2015

www.megustaleer.com.mx

Comentarios sobre la edición y el contenido de este libro a:
megustaleer@penguinrandomhouse.com

ISBN 978-607-313-027-1

Impreso en México/*Printed in Mexico*

Se terminó de imprimir en mayo 2015 en
Drokerz Impresiones de México, S.A. de C.V.
Venado Nº 104, Col. Los Olivos, C.P. 13210,
México, D. F.

… por mucho menos se muere.

I

La violación comienza con la mirada. Cualquiera que se haya asomado al pozo de sus deseos, lo sabe. Como contemplar esas fotografías de muñecas torturadas, apretadas cual carne floreciente, aprisionada y dispuesta para la mirada del hombre que acecha desde la sombra. Quiero decir que uno puede asomarse también hacia fuera y atisbar, por ejemplo, en la fotografía de un cuerpo atado y sin rostro, una señal absoluta de reconocimiento: el señuelo que desata los deseos impensados y desanuda su fuerza de abismo insondable. Porque abrirse al deseo es una condena: tarde o temprano buscaremos saciar la sed —para unos momentos más tarde volver a padecerla.

Ahora que todo ha pasado, que mi vida para mí mismo se extingue como una habitación alguna vez plena de luminosidad que cede al paso inexorable de las sombras —o lo que es lo mismo, a la irrupción de la luz más enceguecedora—, me doy cuenta que todos esos filósofos y pensadores que han buscado ejemplos para explicar el no-sentido de nuestra existencia han dejado en el olvido una sombra tutelar: Tántalo, el siempre deseante, el condenado a tocar la manzana con la punta de los labios y, sin embargo, no poder devorarla.

Debo confesar que cuando conocí su historia, el adolescente que era se sintió trastornado toda aquella mañana lluviosa de clases ante el relato del profesor de historia, un hombre todavía joven y recatado que de seguro había estudiado en algún seminario. Olvidando que en la sesión anterior nos había prometido continuar el relato de la guerra de Troya, el profesor Anaya narró con voz apenas audible en esa mañana diluviante, presa de quién sabe qué delirio interior, la leyenda de un antiguo rey de Frigia, burlador de los dioses, para quien los del Olimpo habían concebido un castigo singular: sumergido hasta el cuello en un lago junto al que crecían árboles cargados de frutos, Tántalo padecía el tormento de la sed y el hambre en su límite extremo, pues en cuanto quería apurar el agua, ésta retrocedía y se escapaba sin cesar de sus labios, y las ramas de los árboles se elevaban toda vez que su mano estaba a punto de alcanzarlas. Y mientras el profesor relataba la leyenda, los dedos de la mano que mantenía a resguardo en uno de los bolsillos de la gabardina que no se había quitado frotaban delicada pero perceptiblemente lo que bien podían haber sido unas imaginarias migas de pan. Y su mirada, extendida más allá de las ventanas protegidas con una reja cuadriculada por un alambrado que simulaba cordones de metal, se mantenía fija, atada a un punto que a muchos les resultaba inaccesible. En cambio, a los que nos encontrábamos junto al muro de tabiques y cristal nos bastaba enderezar un poco la espalda, estirar ligeramente el cuello en la dirección indicada para descubrir el objeto de su atención.

En el extremo opuesto de las canchas de juego, precisamente en el corredor de columnas que unía la bodega y el área de baños, tres muchachas, con sus uniformes guindas de tercer grado, intentaban desalojar el agua que se iba acumulando gracias al mal funcionamiento de una de las coladeras cercanas. La labor era ejecutada más como un pretexto para el juego que por cumplir una tarea a todas luces impuesta como castigo. Así, las chicas se empapaban sonrientes y probablemente tiritaban más de goce que de frío, ante la embestida de una de ellas que con el jalador de agua salpicaba de súbitas oleadas a las otras. Esa chica que mojaba a sus amigas aún conserva un nombre: Susana Garmendia, y su recuerdo en aquella mañana gris y lúbrica permanece en mi memoria unido a dos momentos inmóviles: la mirada sin aliento del profesor de historia que observa la escena del corredor, condenado como Tántalo a verse rodeado de agua y comida, sin poder calmar la sed y el hambre azuzadas; y el instante en que Susana Garmendia, antes de permitir que sus compañeras se desquitaran mojándola cuando por fin lograron entre las dos apropiarse del jalador de agua, se dirigió a una de las gruesas columnas del pasillo y recargándose en ella por el lado descubierto al cielo estrepitoso, se dejó empapar olvidada del mundo de la escuela, sólo de cara a la arremetida de lluvia que la golpeaba buscando traspasarla. Había distancia de por medio, pero aun así era tangible el gesto de entrega de la muchacha, su sonrisa invisible, su éxtasis radiante. Maniatada a la columna sin ataduras evidentes, presa de su propio placer.

A decir verdad, creo que nunca vi de cerca a Susana Garmendia. Su fama de adolescente problemática que la prefecta de tercer grado había hecho correr con reportes y suspensiones, aunada al hecho de que perteneciera a la generación de los mayores de la secundaria, rodeada siempre por sus amigas y los varones que buscaban su cercanía y la asediaban, apenas si dejaban espacio para que su imagen se definiera más allá de la vaguedad: flequillo lacio color de miel sobre una piel tostada, el suéter atado a la cintura como un torso con brazos que se aferrara al nacimiento de su cadera, las calcetas perfectamente blancas en unas pantorrillas que habían dejado de ser infantiles pero que conservaban su nostalgia.

Sin duda alguna era la fruta más apetecida del huerto. Aun por quienes, ni parados sobre las puntas de los pies, alcanzábamos a vislumbrar más que el follaje de la rama. Aun por aquellos otros que, apartados desde la atalaya de su autoridad escolar, podían apreciarla en toda su jugosa morbidez. Alguien, sin embargo, pudo estirar la mano y coger la fruta. He olvidado su nombre porque a final de cuentas no era importante. Y no lo era porque su labor de hortelano no hubiera sido posible sin el consentimiento previo de Susana Garmendia. El oscuro y silencioso Sí con que aceptó verlo en la bodega que estaba próxima al baño de mujeres mientras sus dos eternas amigas vigilaban la entrada en distintas posiciones: una en el comienzo del corredor de columnas, la otra bajo el arco que daba acceso al patio de los grupos de tercero. No se supo con precisión lo que había sucedido, si la prefecta sospechaba algo y presionó a la amiga que estaba en el acceso de tercero para ponerla nerviosa y así conseguir una delación equívoca e involuntaria, o si la amiga la buscó por su propio pie para vengarse de algún desplante de Susana, el caso fue que la prefecta había acudido a la bodega y encontrado a Susana y a un muchacho del turno vespertino cometiendo indecencias sin nombre.

Tántalo se burló de los dioses en tres ocasiones: la primera, cuando reveló a los cuatro vientos el sitio donde Zeus escondía a su amante en turno; la segunda, cuando consiguió robar de la mesa del Olimpo el néctar y la ambrosía para convidarles a sus parientes y amigos; la tercera, cuando quiso poner a prueba los poderes de los dioses y los invitó a un banquete cuyo plato principal estaba confeccionado a base de los trozos de su propio hijo, a quien había degollado durante el alba como un ternero más de sus establos. A la brutalidad de Tántalo opusieron los dioses el refinamiento del suplicio. Como para decirle que con los dioses no se juega. Susana Garmendia fue expulsada sin contemplaciones. Pocos la vimos salir con sus cosas, flanqueada por sus padres, bajo la mirada atenazante de la prefecta, la sociedad de padres de familia y el director de la escuela. Arrancándole a pedazos la dignidad que aún conservaba y luego arrojándolos con desprecio como trozos sanguinolentos y demasiado vivos. La escuela tardó en acallar los rumores y retomar su curso bovino de materias y formaciones cívicas, pero la cercanía de los exámenes semestrales terminó por dispersar los últimos ecos que aún aserraban la piel y la carne de la memoria de una Susana caída en desgracia como un cuerpo supliciado. El profesor Anaya permaneció hasta el fin del año escolar y después pidió su traslado a un plantel de la zona poniente.

Por supuesto, nunca conversé con él sobre el asunto. Sólo en el trabajo final en el que nos pidió redactar una composición sobre algún personaje o suceso del curso a manera de tema libre, decidí escribir sobre Tántalo. Era una redacción de varias páginas, vehemente en exceso como las fiebres de la adolescencia, cuyo principal valor, me parece ahora, radicaba en haber atisbado desde aquella temprana edad el verdadero suplicio del que desea. Más que la calificación de excelencia, fue la mirada del profesor Anaya —ese instante de gloria de quien se siente reconocido— mi mayor presea. No vi entonces, o no quise enterarme, del destello turbio de esa mirada, el desaliento del que sabe lo que vendrá: que la sed no ha de ser nunca saciada.

En aquella redacción de casi cuatro páginas, en un estilo que ahora al releer reconozco torpe y pretencioso, alcanzo a atisbar la sombra tenue del adolescente que, sin saberlo ni proponérselo, se asomaba al pozo de sí mismo: "...después de probar e intentar miles de veces, Tántalo, por fin consciente de la inutilidad de sus esfuerzos, debió de quedarse inmóvil a pesar del hambre y de la sed, sin mover los labios para apresar un trago de agua, o sin estirar la mano para alcanzar la codiciada fruta que, cual joya preciosa, pendía de la copa del árbol más cercano. Casi derrotado, alzó la mirada hacia los cielos. Tal vez, arrepentido, iba a clamar perdón a los dioses. Pero entonces descubrió en la punta de la rama una nueva fruta temblorosa, apetecible, que crecía suculenta pero imposible para él. Y debió de maldecir e injuriar a los dioses cuando comprendió que con el simple acto de mirar el tormento se reavivaba ferozmente en su entraña".

Innumerables consecuencias se derivan del acto de mirar. Ahora puedo afirmarlo con certeza: todo empieza con la mirada. Por supuesto, la violación, la que se padece en carne propia cuando un ser o un cuerpo se prodigan con criminal inocencia.

II

Contemplo ahora la fotografía de la muñeca torturada que mencioné antes. Pertenece a un artista clandestino: Hans Bellmer. No voy a hablar de él ahora, pero quién sabe. No era mi intención hablar de Susana Garmendia ni del profesor de historia y he comenzado justamente con ellos. Yo de lo que quería hablar era de otra cosa. Si puede resumirse en unas pocas palabras la vida de un hombre, éste es el relato de un sueño. Intento asirlo en todos aquellos elementos aledaños que no aparecen en él de manera evidente pero que, de alguna forma oscura, inciden en su urdimbre de niebla y sombra. Y hacerlo en esta habitación del jardín, atrincherado con mis pequeños juguetes y "trofeos", antes de que me sean arrebatados del todo, tiene que ver con la certeza de un advenimiento: el instante en que Tántalo contempla la clemencia de los dioses en la mano de la Sacerdotisa que ha de prodigar la expiación y el término de la condena. Pero no debo adelantarme ni invocar su presencia en vano. Ella, semejante a la ninfa etérea de los bosques, llegará en su momento, como antes Violeta —o como las otras muñecas.

Digamos que mi destino estuvo trazado antes de mi nacimiento. De manera particular, cuando el recién casado que sería mi padre decidió invertir la herencia de los abuelos en una fábrica de muñecas. Es decir, que la nueva empresa le creció como el hijo que por esos mismos días estaba prendiendo en el vientre de mi madre. Ignoro cuándo, con el correr de pañales y pasos, se decidió a llevarme a la fábrica pero debió de ser más tarde, cuando mi madre dio señales de quedar nuevamente embarazada. Pero los intentos resultaban en vano y yo seguía en mi tiranía de unigénito, el vástago de una familia que veía peligrar sus deseos de cumplir con la bíblica tarea de multiplicarse. Entonces me consentían de sobra. Primero Teresa, mi madre, luego la abuela Adelaida y las numerosas tías que me compraban regalos y golosinas, que me disfrazaban de pastorcillo o de *cowboy*, que me enseñaban malas palabras para hacer sonrosar a mi padre. Por eso, porque me estaba criando entre demasiadas mujeres, Julián Mercader, mi padre, apenas tuve la edad suficiente, se decidió a llevarme a sus terrenos e introducirme en ese mundo de carruseles y bandas mecánicas en el que se articulaban los fragmentos de cuerpos de muñecas. Y me dejaba ahí como si me depositara en un inofensivo jardín de niños, en el que suponía habría de entretenerme y asombrarme sin cuento mientras se cumplía el plazo para asistir al colegio. Y para guiarme y enseñarme mientras eso sucedía confió mis visitas a la fábrica a un hombre de mirada azul que diseñaba y supervisaba la producción de juguetes, amigo de la carrera de papá, su socio alemán que había crecido en México después de la segunda guerra y estudiado ingeniería química por las mañanas y dibujo artístico por las tardes: Klaus Wagner.

Recuerdo que la mirada azul de Klaus Wagner solía intimidarme: su transparencia me hacía pensar que sus ojos no tenían fondo y que en consecuencia nada podía ocultárseles. Tiempo después, cuando adolescente comencé a descubrirme deseos y apetitos desconocidos, supe que había tenido razón en creer que nada escapaba a su mirada. Y de hecho, fue gracias a él, quien olvidó un día cerrar con llave esa suerte de cuarto oscuro habilitado en un clóset de su privado, que descubrí las imágenes contagiosas de Bellmer. Ahora sé que no hubo descuido, que lo hizo para probarme, para conocer mi madera de árbol petrificado ante el asombro de todo aquello que insinuara una inocencia mancillada. Pero para entonces pasarían largos años de entrenamiento e iniciación, marcados en principio por mi capacidad de abstraerme en la contemplación de los miembros todavía inarticulados de las muñecas que desfilaban en las bandas mecánicas antes de ser ensamblados para conformar ejemplares en serie que harían las delicias maternales de niñas anónimas y distantes.

Y es que cada parte, cada brazo, pierna, torso, cabeza, era una totalidad asombrosa y resplandeciente, perfecta en su calidad de carne plástica y torneada, cuya languidez absorta incitaba al tacto y a la cercanía. Yo las veía emerger de los moldes que don Gabriel y su hijo descargaban en la banda mecánica para iniciar el proceso de enfriamiento y me parecía que el mundo todo caminaba en esos rieles, y sin saberlo aprendía, paso a paso, que la belleza más insoportable es aquella que, en su bostezo letárgico, reclama a gritos una voluntad irredenta de ser profanada.

—Le gustan mucho las muñecas a tu hijo —dijo Klaus una de las primeras veces que papá me llevó a la fábrica. Nunca lo escuché hablar en alemán, como si esa parte de su vida hubiera quedado clausurada inexorablemente. Me habían asignado un lugar encima de un archivero y ante mí se desplegaba una pared de vidrio que, por estar la oficina de mi padre situada en una especie de entrepiso, permitía una perspectiva privilegiada de todo el movimiento del lugar. No sé cuánto tiempo llevaba quieto encima del archivero. Klaus me había cargado y había dicho "no te muevas porque te caes" y yo había obedecido sin pensarlo dos veces: sencillamente miré a través del vidrio y me sumí en una contemplación sin tiempo, más fascinante porque a esa distancia los ruidos de la producción llegaban distorsionados, en una letanía lejana e hipnótica, semejante a la magia irrenunciable de una película muda.

Mi padre, que se había sumido en los papeles de su escritorio, olvidado ya de la presencia de su vástago, tardó en contestar casi el mismo tiempo que yo en recordar dónde me encontraba.

—Mientras le gusten para verlas y no porque quiera ser una muñeca... —dijo en medio de una carcajada que consiguió aterrorizarme.

Klaus, por su parte, se acercó al archivero. Sus ojos azules buscaron los míos. Después de escudriñarme durante varios segundos, dictaminó categórico:

—No debes preocuparte, Julián. Tu hijo es de los nuestros.

Poco tiempo después ambos tendrían un motivo para comprobarlo. Klaus fue más condescendiente, pero mi padre —tal vez obligado por la formalidad de corregirme— me dio unos buenos cinturonazos y me mantuvo lejos de la fábrica por algunas semanas. También mis tías, la abuela, mamá misma se mostraron reservadas y ceñudas, pero yo las escuché celebrar mi "travesura" cuando me creían dormido o en otra habitación.

—Es todo un hombrecito. Aún no cumple los seis años y ya dispone como un señor. Se ve que va a salir a su padre...

Esas palabras, la especie de reverencia que ocultaban, si bien me llenaban de un orgullo desconocido, tampoco dejaban de sorprenderme e intrigarme, y repasaba las escenas que les habían dado origen. Una y otra vez, en esa suerte de película muda que se proyectaba en mi recuerdo todavía reciente, volvía a ver a la hija de la afanadora de la fábrica con su vestidito de flores, semejante a uno de los atuendos con que vestían a las muñecas. Naty —su nombre lo supe después cuando me reprendieron por ella— todavía no hablaba, si acaso cuando le di una muñeca desnuda gorjeó un poco y la arrulló entre sus brazos. No sé cómo nos habíamos metido en uno de los cuartos que servían como bodega y adonde, en una gran caja, se acumulaban muñecas todavía sin vestir, de modo que, subido a un banco, no me fue difícil ofrecerle una tras otra. No recuerdo a cuál de los dos se nos ocurrió acomodarlas sentadas en el piso, pero sí que fue la propia Naty quien, de la manera más lógica y natural, se despojó del vestido para sentarse ella también en la fila como una muñeca más. Apenas se retiraba el calzoncito de holanes y yo la ayudaba porque sus movimientos eran más torpes que los míos, cuando descubrí algo entre sus piernas que no recordaba haber visto antes y que me llenó de asombro. Sin poder apartar la vista de ese misterio súbito, murmuré en trance:

—Estás rota...

Y luego, repitiendo a media voz, en un eco que más que acusación, buscaba traspasar y comprender el hallazgo, insistí: "Rota-rota-rota..."

Hay cosas que entienden hasta los niños pequeños y Naty comprendió: tomó una de las muñecas y le alzó las piernas. Curva y lisa la superficie plástica no dejaba lugar a ninguna duda: la muñeca no estaba rota. Se levantó del suelo y escapó en medio de un llanto a gritos. Pero en mi recuerdo no escucho sus gritos, sólo contemplo su gesto inconsolable, su boca abierta que no emite sino alaridos de silencio. Su reacción me asustó tanto como conocer el secreto de su herida. Ignoro cómo conseguí ocultarme en la caja de muñecas sin asfixiarme hasta que horas después me rescató Klaus. Me quedé dormido observando los ojos iridiscentes de una pelirroja, confiado en su tenue olor a resina y tintes. No sabía por qué pero me sentí seguro junto al universo perfecto de su cuerpo cerrado y sin cicatriz alguna.

III

"Perverso" es aquello que lastimándonos no nos permite apartar la mirada. Remueve las tinieblas acalladas en nuestro interior y nos despierta apetitos urgentes e innombrados: sombras al acecho con una sed irrevocable de encarnar. Tal vez por eso deseamos algo de lo que nunca nos creímos capaces; como si se tratara de un deseo dormido que de pronto destapa su aroma irrenunciable... Entonces, es ahí donde lo perverso encaja su llave maestra y si te miras un poco en el fondo del espejo ya no te reconoces. Eres otro. ¿Cuándo dejé yo de ser quien era? ¿O es que debo confesar que hubo un momento deslumbrante y eterno en que se descorrió un velo y dejé por fin de ocultarme? Porque tal vez siempre he sido ese hombre, agazapado detrás de un árbol, que atisba desde la sombra el suave fulgor de una inocencia ultrajada. Pero aunque mi cuñada Isabel así lo crea, no soy ningún criminal —al menos no en el sentido en que ella lo piensa—. No he matado a ninguna cría animal, ni le he negado la leche a un recién nacido. Puedo entrar sin temor al reino de los muertos —aunque por supuesto mi muerte o la prisión no me preocupan en absoluto. En cambio, el instante en que una vida se alza y desfallece, ese quejido que aún no escapa de unos labios o una herida y es el pálpito de una flor que amenaza con abrirse rotunda, son quizá la única promesa que, por absurdo que parezca, todavía espero. Aunque no pueda tocarla ni llevarla a mi boca, tan sólo contemplarla en ese su furioso e incurable estado de gracia.

Sé que no debería sorprenderme que sea precisamente Isabel, la hermana menor de mi Helena, quien sostenga acusaciones semejantes. Ella que de niña trotaba en el caballito de mis piernas mientras su hermana terminaba de arreglarse para mí. Entonces, de súbito muy seria y deteniendo el trote de mi montura, me preguntaba al oído: "¿Verdad que yo soy tu novia de verdad y mi hermana tu novia de a mentiras?" Y ante la presencia de Helena que por fin llegaba y veía con celos fingidos nuestra cercanía, yo también le respondía al oído: "Helena es mi preferida, pero tú... tú eres mi novia consentida". Isabel descendía entonces de su corcel como la princesa de nueve años que entonces era: una amazona flexible y arrogante, deliciosa en su esplendidez apenas avizorada.

Por esos días, yo acababa de abandonar la carrera de medicina para hacerme cargo de la fábrica de muñecas. Mi padre acababa de morir de un infarto y cuando asumí aquella responsabilidad bajo la anuencia y supervisión de Klaus, estaba lejos de imaginar que unos años después, además de socios, nos haríamos cómplices en la fabricación de muñecas prohibidas: las Violetas, esos modelos únicos que circularon subrepticiamente por el mundo para dirigirse a las alcobas o a la sala de juegos de quien podía pagarlos, pero también un reino y un nombre por los que nunca debí haberme dejado tentar.

Aunque, a decir verdad, no siempre las Violetas fueron perversas. En las dimensiones y tamaños habituales, con sus rostros acorazonados, sus cuerpos prepúberes, enfundadas lo mismo en atuendos de princesas con vestidos de etiqueta y peinados altos, que al último grito de la moda con minifaldas y melenas ensortijadas, las Violetas actuaban tan a la perfección su papel de niñas precoces pero siempre bien portadas, que no hubo en el país otra línea de muñecas que se mantuviera a la par de los modelos extranjeros que por ese entonces comenzaron a inundar el mercado nacional.

En mi descargo, señalaré que el nombre lo sugirió la propia Helena que siempre había soñado con ponerle así a su primera hija, en recuerdo de una amiga de la infancia porque la amistad entre mujeres, cuando se da, tiene un sentido profundo de entrega y devoción. Por supuesto, nunca conocí a aquella lejana Violeta, una niña de suavidad fulgurante con quien mi mujer compartió juegos y castigos, y cuyo rostro aparece al lado del suyo en una de las dos fotografías en blanco y negro que, como un tesoro invaluable, conservaba Helena en una cajita de Olinalá —que fue precisamente de las pocas cosas que llevaría consigo cuando se marchó—. En esa fotografía, en disfraz de hadas, con mallas y payasitos que alargaban aún más sus cuerpos de junco, la Violeta desconocida y mi Helena son el retrato doble de una vivacidad vibrante: par de cachorras de mirada ávida, a punto de saltar curiosas para saborear hasta el último sorbo dulces y caricias.

Y debió de ser por eso que en su primera juventud, cuando aún no nos habíamos encontrado y leyó unos versos del poeta Neruda, decidió que violeta sería el color de su pasión insomne, por más que esta, a la postre, cambiara con la veleidad del viento. "De tanto amor mi vida se tiñó de violeta", murmuró una noche mientras yo reposaba mi cabeza en su vientre desnudo, en la época en que sólo me dejaba poseerla con la mirada. "Atesoro tu semilla para cuando me plantes de violetas", me decía entonces juguetona.

Cuando lanzamos la primera línea de Violetas al mercado, Helena y yo teníamos ya dos años de casados pero, ahora, por más que lo intentaba, no conseguía embarazarse. Siempre amorosa, se resignó a su modo bautizando a las nuevas muñecas de la fábrica; después concibiendo con Klaus los modelos y el concepto juvenil de los atuendos. También fueron idea de ella las cajas-vitrinas en que colocábamos cada ejemplar: verdaderos escenarios a escala para recrear los ambientes donde situamos a las primeras Violetas: la escuela, la playa, el parque de diversiones, una fiesta, de viaje por Venecia... Klaus y yo la mirábamos jugar literalmente a las muñecas como una niña eterna, a quien a su pesar le había crecido el traje de adulta, desbordándola, transformándola irremediablemente en una mujer inservible. Eran esos accesos de ternura, sus gestos amorosos con la Isabel caprichosa que mal había aceptado perder a su hermana —pero también, debo reconocerlo, al novio de su hermana, su verdadero prometido—, sus cuidados atentos hacia el mismo Klaus y, por supuesto, hacia mí, como si siempre jugara a ser una madre entregada en esa mezcla de verdad y simulacro que tienen los juegos de los niños; todo ello había conseguido despertar mi absoluta mansedumbre: esa conciencia irrevocable de sabernos ligados y perdidos que nos vuelve despiadadamente vulnerables y que, sin saber en realidad sus implicaciones, muchos nombran la costumbre del amor. Por eso, cuando Helena corrió una tarde a mis brazos para decirme que por fin una pequeña Violeta florecía en sus entrañas —nunca tuvo duda alguna sobre su sexo—, intuí vaga pero certeramente que su felicidad estaba ligada a una catástrofe. Y la abracé entonces presintiendo que muy pronto tendría que renunciar a ella. Imaginé su vientre ajeno, inflado por un genio del mal y hubiera deseado castigarla, traspasar esa curva de piel, sangre y tejidos, desbaratar ese bulbo terroso en el que se incubaba mi perdición, y en sueños ponía en práctica lo que no me atrevía a consumar en la vigilia. Y claro, debía ocultarle a Helena que su alegría me resultaba dolorosa pero conforme crecía en su seno y me lastimaba, yo no podía apartar la mirada, a pesar de presentir que a través de ese vientre que amaba y que cada vez se curvaba más en una sonrisa plena y triunfal, la nueva Violeta, aun sin ojos, ensimismada por completo en su propia pureza de capullo inviolado, también me contemplaba mansa, indefensa, provocadoramente.

IV

Mirándola con la atención suficiente, una herida bien puede ser una flor abierta o una boca que manda besos cárdenos en el aire. O lo que es igual: Violeta sentada en las piernas de su madre en una fotografía que yo mismo le tomé hace casi veinte años. Recién bañada, envuelta en una toalla que poco cubría su cuerpo de escasos cinco años, Violeta extendía hacia mí sus brazos y sus labios infantiles en un reclamo de cercanía inusual pues en esa época todavía continuaba prefiriendo el regazo de su madre. Ella misma, para mí, se había convertido en un corte, una desgarradura demasiado viva en la relación con Helena. Y es que Helena no volvió a ser la misma desde que la dio a luz. Se olvidó de mí y de las Violetas, como si sólo hubiéramos sido el ensayo, el pretexto para su maternidad unívoca e irrevocable. A su modo, también a ella habían comenzado a habitarla sus propias sombras. Pero entonces eran sombras más o menos misericordiosas que aún la mantenían cerca de mí, aunque cada vez se apartara más de mis labios toda vez que intentaba beberla, y se alejara de mis manos si me esforzaba en tomarla.

Por supuesto me refugié en la fábrica y en las muñecas. También en los libros y en las películas silentes que siempre habían ejercido en mí una fascinación inquietante. A estas últimas acudía muchas veces en compañía de Klaus, que también las disfrutaba con fruición, a un cinematógrafo de la zona sur. De los primeros, revisaba sobre todo libros de fotografía, de pintura y de anatomía. Pero en este terreno, aunque de sobra conocía las coincidencias con mi socio y amigo, prefería hacer mis propias incursiones. De hecho, nunca revisamos juntos un libro de Bellmer o un tratado circulatorio de la sangre. En ese terreno, si algo había que mostrar, recurríamos a la mesa de diseño de Klaus que albergaba toda suerte de plumillas, puntas, estilógrafos en permanente estado de alerta. Ahí, en el espacio siempre despejado de su centro, como un cuerpo disectado, colocábamos el volumen patiabierto con la imagen o el texto de referencia. Para que cada quien, en solitario, lo contemplara. Fue así, durante aquellos días en que Helena y Violeta me apartaban, que conocí la historia de la hija de Butades: una muchacha de Corinto que, en su intento por preservar la imagen del amado que partía, se aplicó a delinear en la pared, a la luz de una vela, su sombra fugitiva. El amado, por supuesto, partió y jamás regresó, pero de ese gesto que delineaba una sombra, de un deseo imposible, explicaban en el libro, surgiría a la postre el arte de la pintura. (Sólo que en el cuadro que acompañaba a la leyenda a manera de ilustración, la hija de Butades, obsesionada por su propia pasión, se había convertido en una sombra, más opaca y oscura que aquella otra que su mano delineaba.) Y no pude evitar acordarme de Tántalo y pensar en todos esos intentos que se construyen —aun sin saberlo— para acercarnos al cuerpo de nuestro deseo. El "cuerpo" porque siempre se trata de la materialidad del deseo, su huella física: si pienso en la Helena de los primeros años de nuestro matrimonio cuando sin duda todavía me amaba, vuelvo a oler el aroma de madreselvas que se ponía en la hondonada de su vientre. Y de ahí, al cuadro completo: la secuencia silente donde Helena entra a la recámara de Violeta aún pequeña una noche tibia, dejando en el aire de las escaleras la huella penetrante de su perfume ya mezclado con el olor a madera húmeda de su sexo. "Madreselvas y madera", pensaba cuando, tras seguirla con la nariz como guía en la oscuridad, me senté a esperarla al pie de la escalera. Tardó más de lo que había prometido —Violeta había despertado y Helena canturreó en su oído hasta que se quedó dormida— y por eso, ya adormecido yo también, me escuchó repetir: "Madreselvas y madera".

—¿Sabes tú que cada sexo de mujer tiene un olor diferente? —me confesó ella de improviso.

—¿Y tú cómo lo sabes? —le pregunté seducido por ese desplante de mujer experimentada que entonces creí muestra de ingenuidad y coquetería y, sin poder resistirlo, comencé a besarla en la oscuridad.

—No lo sé, pero lo sé —me contestó firme y luego acalló un gemido de desaprobación pero también de goce ante mi urgencia.

Desde entonces las primeras Violetas comenzaron a oler: una fragancia sutil e imperceptible de esencias unas veces puras y otras entremezcladas. Eran los primeros ensayos. Jacinto, el hijo de aquel don Gabriel que trabajara con mi padre, se mostraba al principio renuente a las novedades pero al final cedía hechizado por aquellas fragantes y tiernas pieles recién nacidas de sus manos.

Con la primera Violeta prohibida fue diferente: ésa olía como el modelo original. Un olor todavía indeciso que ya había percibido en la Violeta de doce años cuando me besaba para despedirse y regresar al internado del que sólo volvía como una promesa quincenal. Durante meses luché y me resistí a hurgar entre las prendas que dejaba en el cesto de ropa sucia esos fines de semana. Helena nos había abandonado a los dos desde el verano anterior. Inesperada, súbitamente, viviendo de lleno del lado de sus sombras. Tal vez debí escudriñar en el clóset donde durante meses permaneció su ropa colgada fantasmalmente. En vez de eso, me dirigí un día al baño de Violeta y ahí encontré los vestigios de su esencia resuelta en ninfa: un aroma tenue a bosque y a miel. Y entonces anticipé el sueño por el que he vivido, el recuerdo de esa herida en el que podría resumirse mi existencia.

V

Quiero repetirlo una vez más: mi crimen no es del todo un crimen —aunque tampoco, lo reconozco, puedo declararme inocente. ¿O es que acaso alguien se atrevería a condenar a Hans Bellmer por haber soñado sus muñecas? Por más que los optimistas y los ingenuos —incluidos esos dementes que se hacen llamar fieles de la Hermandad de la Luz Eterna— se obstinen en creer que únicamente estamos hechos de luz divina, tendrían que recordar un poco sus propios sueños para confesarse la espesura de la tiniebla que los habita. El placer que en esos dominios de la sombra puede producir el que unas manos desconocidas serruchen nuestra carne en una operación silenciosa y sin dolor. O el delirio de observar que alguien persigue a uno de nuestros seres amados para, después de acorralarlo, abandonarse al instinto carnicero de rebanarlo en cortes tan delgados que incluso la sangre, cuajada en gotas milimétricas, casi se sonrosa o incluso se transparenta —y temblar empavorecidos y afiebrados al descubrir que no sólo no hemos acudido en su auxilio, sino que ha sido nuestra propia sombra, arrebatada de un furor que creíamos desconocer, quien ha perpetrado tal crimen. ¿O es que acaso ese tipo de delirios solamente los tenemos unos cuantos a los que entonces debieran apartarnos del resto de los hombres en calidad de seres abominables? Porque, por ejemplo, nunca con Klaus nos hemos sentado como chicos que intercambiaran estampas para hacer el recuento de nuestros sueños, pero juraría que tanto él como Bellmer, como otros que no menciono ahora, se han sumergido al dormir en ciénagas espesas y turbias que al despertar apuran con el primer parpadeo y que nada tienen que ver con la imagen bobalicona de la bondad o la inocencia. Y juraría que también muchos de los que lean estas palabras han tenido sueños viles, aunque no se atrevan a confesárselo ni a sí mismos. Entonces, ¿a santo de qué ponernos máscaras angélicas y fingirnos sin culpa? Claro, en una parte disimular que nada pasa (que nada *nos* pasa, nos atraviesa, murmura a través de nosotros, nos surca) se vuelve necesario como el aceite que permite que los engranes se muevan en una pesada maquinaria. ¿Pero escandalizarse por lo que de oscuro y prohibido compartimos todos de una u otra manera? Aunque bien es cierto que sólo he hablado de sueños de hombres. No de los de esa otra especie indescifrable que guarda sus secretos en el cofre de su vientre: esos seres de cerradura insomne que son las Violetas, mi Violeta, Helena, Isabel.

VI

Alguna feminista me acusará de equiparar a las mujeres con muñecas, de reducirlas a su esencia de objeto ritual. Por el contrario. Las Violetas siempre aspiraron a convertirse en mujeres. Mujeres muy peculiares, por cierto: en tamaño natural, de cuerpos tiernos y virginales, las Violetas fueron eternas niñas pubescentes en el incierto cruce de los reinos aéreo y terrenal: sólo había que mirarles los ojos de guiños acuosos, más que por los iris vidriados, por la desilusión de no ser tocadas cuando el hombre que las había comprado se resistía a jugar con ellas, para entenderlo.

Que sangraran, entre otras propiedades físicas como el calor corporal y la textura aduraznada de la piel, las hacía particularmente codiciables a los ojos de aquellos hombres que, intuyendo el fondo oscuro de sus sueños, encontraron en las Violetas la esperanza de consumar una violación silenciosa... sin consecuencias. Y su sangre virgen de cálices recién abiertos en la punta del deseo, también las hacía particularmente distintas a ese antecedente que ahora podría, no sin sorprenderme del azar recurrente de esta neobotánica del deseo, clasificar como una suerte de "familia de muñecas-flores del mal": las Hortensias. En aquel momento ni Klaus ni yo habíamos oído hablar de las Hortensias, ni conocíamos nada de su creador: un tal Horacio Hernández, medio hermano de un escritor del Uruguay que antes había sido pianista itinerante: Felisberto Hernández, de quien con gran dificultad conseguí un libro impreso en 1947 en una librería de viejo perdida en el centro de la ciudad. Ignoro si el arte siguió a la vida, o si fue la vida la que se obstinó en parecerse al arte, es decir, si Horacio, tocado por los relatos delirantes y sonámbulos del hermano, llevó a la práctica la fabricación de aquellas Hortensias, calificadas por la prensa de la época como "nueva falsificación del pecado original". Pero también pudo ser que fuera el otro, el escritor Felisberto, quien consignara los delirios y manías del medio hermano en ese relato titulado *Las Hortensias*, del que sólo se conserva el nombre pues la edición entera sucumbió en las llamas de un incendio que arrasó la imprenta de un barrio de Montevideo, donde el medio hermano de Horacio había depositado el único original que poseía para su impresión. (Hay una versión taquigráfica que el escritor Felisberto reconstruyó poco antes de su muerte en 1964, pero como tantas de las excentricidades de los hermanos, está escrita en una taquigrafía inventada —de qué o de quiénes se protegía, me debí haber preguntado entonces— que aún no ha podido ser descifrada del todo. Los estudiosos de la obra del escritor uruguayo en Universität

Regensburg han hecho adelantos y prometieron una edición íntegra de *Las Hortensias* para el próximo año, aunque no estoy para nada seguro de llegar a leerla, si es que consiguen publicarla.)

Pero entonces yo no sabía nada de los hermanos Hernández. Tuve el primer contacto con H. H. cuando ya las Violetas eran solicitadas desde lugares tan disímbolos como New Haven y Turkestán, y no nos dábamos abasto con su producción selecta. Entonces, en una caja de madera semejante a las que usaban nuestras Violetas para viajar, recibí un envío procedente de Santa Lucía del Uruguay. Creí que se trataba de una devolución por algún desperfecto, aunque no recordaba ningún destinatario en esas latitudes, y estaba a punto de pasársela a Jacinto para que se hiciera cargo de las reparaciones, cuando descubrí diferencias en la veta de la madera y el tamaño un poco mayor de sus dimensiones. Supe entonces que la caja contenía algo diferente. Así fue. Al abrirla me encontré con una muñeca desconocida: en vez de las adolescentes muchachas de senos albeantes y carnes y líneas fronterizas con uniforme escolar —con algunas variantes en el color de la falda y los adornos en el cabello o el tipo de zapatos, por ejemplo, era el modelo preferido por la mayoría de los clientes, aunque otros optaran por atuendos especiales—, en el interior de la caja dormía una hermosa mujer apiñonada de veintitantos años, vestida de noche y con un antifaz de lentejuelas negras sobre el rostro sereno y altivo.

Supe su nombre después, cuando leí el mensaje que me estaba dirigido y que traía guardado en el discreto bolso de fiesta que anudaba con una cadenilla sus manos dóciles y perfectas.

Para uso personal
del señor Julián Mercader
esta Hortensia de 1949.
Larga espera. *Á votre santé.*
H. H.

A diferencia de nuestras dulces niñas que guardaban un calor corporal estable que incluso podía graduarse, a esta muñeca había que colocarle agua caliente por un orificio posterior para conseguir una temperatura más humana. Sin embargo, la piel de cabritilla tratada con químicos de la época le daba una tersura de cría animal que me hizo dudar de la mezcla sintética que Klaus había perfeccionado después de meses de ensayo y error. Y por supuesto, siguiendo las instrucciones del cuadernillo que acompañaba a la Hortensia recién llegada, tuve que remover y remojar en una solución salina y avinagrada las membranas interiores. Sólo así pude constatar la flexibilidad de sus tejidos y presentir que si aquel remitente de iniciales desconocidas era el creador de tales modelos portentosos de muñecas adultas, construidos a mediados del siglo XX, sin duda debió de sentirse perturbado con la fragancia de ninfas aún no segadas, esa suerte de capullos inviolados que eran las Violetas niñas, entre otras cosas, gracias al artilugio de redes capilares que, por debajo de la piel mentida, las hacía sonrosar de pies a cabeza, confiriéndoles lo mismo rubor a sus mejillas que lubricidad a su oculta sonrisa virginal. No me equivocaba, según lo constataría más tarde: H. H. casi había regresado de nuevo a la locura por intermediación de las inocentes Violetas. Y eso que sólo las conocía de nombre, según me enteraría más tarde. Y eso que sólo había soñado su olor y no sabía nada de su origen de incesto y devoción.

VII

En aquel momento, cuando empecé a tener noticias de H. H., no sabía nada de lo que se desencadenaría. En principio, reconozco que el envío de la Hortensia lo viví como el apretón de manos de un camarada que nos ha antecedido en el camino, ese gesto de complicidad que antes había encontrado en el maestro de historia de la secundaria por el que conocí a Tántalo y aquel primer suplicio de Susana Garmendia. También, en el rostro casi impávido de Klaus Wagner, cuando le di a conocer mis hallazgos circulatorios con esa suerte de hemoglobina sustituta, que permitió a las Violetas y a sus usuarios, hacer eco de unos versos de Neruda por los que Helena, claro, en otro sentido, había bautizado a la primera serie de muñecas y a nuestra hija. Serían las Violetas de tamaño natural, flexibles niñas de tiernos doce años, las que con labios entreabiertos parecían murmurar esa frase que después se convertiría en un secreto mensaje publicitario: "Pruébame... y de tanto amor, tu vida se teñirá de violeta". Pues, por supuesto, no nos anunciábamos en la televisión ni en el radio. Bastó con presentar unas cuantas muestras en una Feria de Comercio Exterior en Ámsterdam, repartir algunos folletos que más que explicar sugerían con fotografías y frases como ésa las bondades de las Violetas. Hubo ignorantes que a partir de ahí nos escribieron creyendo que nuestros modelos eran una versión más de las muñecas inflables que pocos años antes habían empezado a circular en los mercados. Pero los precios los desanimaban de inmediato: nuestras Violetas sólo podían satisfacer gustos y bolsillos de coleccionistas.

Ignoro con precisión —aunque puedo imaginar el inmenso poder de lo clandestino— cómo fue que H. H. tuvo noticia de nuestras muñecas, recluido como estaba en una casa de retiro en Santa Lucía del Uruguay. Máxime que en aquellos días, nadie imaginaba que unos años más tarde, las redes de internáutica serían capaces de ofrecer mares enteros de información y todo ese servicio de sexo virtual que no hace sino recrudecer la herida y la ausencia del objeto y su magia inefable. Es decir, señalo que era difícil saber del paradero de las Violetas, pero no imposible, aun para un anciano como H. H. que más que dormitar hibernaba su deseo. Así, comenzaron a llegarme cartas y extraños envíos desde ese otro hemisferio desconocido denominado H. H.

Aquí, en esta galera de jardín donde puedo pasearme entre vitrinas y contemplar mi historia entre juguetes, recuerdos, papeles y eso que antes he llamado mis "trofeos" —como la primera Violeta prohibida y la Hortensia del antifaz—, extraigo una de las misivas, siempre impecablemente mecanografiadas, de ese hombre del que poco a poco conocería la extensión y peso de su nombre.

Santa Lucía del Uruguay,
Setiembre 9, 1989

Muy apreciable señor Mercader:
He seguido en ocasiones con desgano, otras con interés los avatares de este mundo que pocas veces me ha dado motivos para sorprenderme. Desde que murió María, mi mujer, y desde que, aprovechando mi reclusión en un sanatorio, el gobierno del Uruguay, instigado por la Junta de Decencia y Justicia, desmanteló mi fábrica de Hortensias, he tenido que soportar largos periodos de idiocia moral. Apenas interrumpidos por el relato de ese hombre desencadenado al deseo y vuelto a encadenar que fue el profesor Humbert en aquel retrato sublime de Lolita —y tan menoscabado por la sarta interminable de sus lamentaciones... O las demenciales y perversas *Poupées* de ese alemán desconsolado que fue el artista Hans Bellmer, cuyas creaciones son verdaderas ventanas al abismo (colecciones de fotografías que no llegaron al Uruguay sino hasta bien entrada la década de los sesenta, aunque por supuesto mi contacto de esa época consiguió una edición francesa que aún permanece en mi mesa de noche). Pero en general mis días se habían vuelto apacibles aguas de estuario, sólo aguardando a que el pez dorado de los sueños entrara en la gruta para ya no salir jamás.

No obstante, contra toda corriente, las aguas han vuelto a agitarse. Hace pocos meses tuve noticias de usted y sus muñecas. Entonces, surgiendo de sueños abisales, despuntando cual nenúfares violentos, flores de pureza despiadada —ha... puedo imaginarme su olor de manantial secreto—, emergieron sus Violetas irreprochables. No sé cómo escaparé de este cementerio de vivos: soy ya muy viejo, mi fortuna ha menguado y mis contactos ya no son los de antes, pero si un último deseo es posible: quiero poseer una de sus niñas y deshojarla con mis propios dedos.

Como la primera vez que leí la carta, mis manos vuelven a temblar. Así de contagiosas son las pasiones que no hacen sino despertarnos una enfermedad latente que creíamos ya erradicada.

VIII

No pretendo convencer a nadie al decir que busqué consumar en las Violetas una pasión que me abrazaba las entrañas, en vez de dirigirla hacia el objeto real que la despertó tan despiadadamente. Tampoco que, a mi modo, creía ayudar a otros a salvarse.

"El deseo nunca muere... Antes bien, nos morimos nosotros...", me escribió una vez H. H. y adelantándose a mis pensamientos prosiguió: "Aunque no nos atrevamos a decirlo, toda pasión tiene un origen y un nombre cercanos. A veces, al imaginar la dulzura de sus pequeñas insolentes, me he preguntado cuáles pudieron ser los suyos. Por supuesto, sé desde siempre que su único nombre verdadero —ese que le pertenece a cada quien más allá de la confusión y la apariencia— es justamente Violeta. La irremediable violada. ¿Verdad que no me equivoco?"

A Klaus, a quien le había compartido a cuentagotas la información sobre H. H. y las Hortensias, le parecía extraña la costumbre epistolar del uruguayo que cada dos o tres semanas me hacía llegar correspondencia o paquetes. "Ya ni tu hija te escribe tanto", sentenció aquella vez mientras merodeaba en torno a mi escritorio, expectante por saber si le dejaría echar un vistazo al interior de la pequeña caja recién llegada. Era cierto, desde que Violeta había decidido cursar su especialidad en diseño de paisajes en la universidad de Manchester —poco tiempo después de que Helena la buscara para restablecer un contacto al que nuestra hija se negó siempre rotunda, por más que yo mismo insistiera en que, al menos, la escuchase—, eran contadas las ocasiones en que recibía una carta o una llamada suyas. La verdad es que no las echaba mucho de menos: mejor que la distancia entre nosotros se acentuara con la falta de un contacto que, de alguna manera oscura, ella también consideraba una huella ominosa. Pero, además, era cierto lo otro: que H. H. persistía en mantener una comunicación conmigo por más que mis respuestas fueran amables pero reticentes. Me decidí a abrir el paquete frente a Klaus, tal vez porque quería mostrarle que mi confianza en él seguía siendo inquebrantable. En el interior había un estuche de piel, de los que se usan para albergar una joya del tipo collar o gargantilla. Al deslizar el discreto seguro, surgió ante mí una hoja blanca doblada con la mecanografía usual de H. H. con aquella frase sibilina que hablaba de la inmortalidad de los deseos y más abajo, un pequeño saco de terciopelo negro donde encontré una postal de tonos sepia. Apenas sacarla y el rostro que apareció consiguió cegarme por completo unos instantes. Para cuando pude reponerme, ya la mirada azul de Klaus había incidido en la tarjeta y ahora procedía a disectarme.

—Pero, ¿es que acaso tú le has hablado de... ella? —me inquirió con un titubeo final.

Negué rotundo con la cabeza.

—Entonces, ¿cómo pudo saber? —dijo alejándose con pasos crispados del escritorio. Ya no era un hombre joven pero los años sólo habían conseguido hacer más sosegados sus movimientos. Excepto en ese instante de desconcierto que imponía vehemencia y hasta ansiedad a su mirada.

—Este hombre está rematadamente loco... Pero entonces, te vigila, nos vigila, ¿o cómo explicarlo? —continuó Klaus frenético.

—No lo sé, no lo sé... —alcancé a balbucear mientras intentaba apaciguar la revoltura de mis propias aguas. Si bien me sentía súbitamente atrapado en las corrientes secretas de un remolino voraz, no podía engañarme a mí mismo como para no reconocer el alborozo, una especie de bendición pues al fin percibía que alguien conocía mejor que yo los pasadizos secretos de mi alma. Con todo, el asombro no me abandonaba.

Regresé entonces a la postal de tonos sepia. Era el retrato de una niña casi adolescente sentada en posición de loto, cuyo cuerpo desnudo estaba cubierto en parte por un capullo blanco de plumas diminutas, pegadas al papel con el cuidado minucioso de un artesano experto. No me atreví a hacerlo teniendo a Klaus a la vista, pero era evidente que si uno soplaba sobre las plumas conseguiría apartarlas lo suficiente para contemplar la flor abierta de su inocencia sin par. Recordaba haber visto una imagen semejante en una película de cine antiguo alemán pero en aquélla eran las piernas de una corista las que se ponían al descubierto cuando un grupo de estudiantes probaba a soplar sobre la tarjeta. El *Ángel azul*, se llamaba la cinta pero no lo recordaría sino hasta después, cuando Klaus se hubiera marchado y yo, en solitario, probara a soplar mi pasión sobre aquel otro ángel pubescente, tan parecida a mi hija Violeta cuando tenía doce años que sólo por el estilo del maquillaje para realzar la profundidad de la mirada y el peinado a la moda de los veintes, podía uno pensar que se trataba de una modelo diferente, posando para un *souvenir* erótico antiguo.

—No puede ser más que una coincidencia —dije por fin a Klaus que continuaba mirándome inquisitivamente—. A las claras se ve que es una postal vieja.

—Ajá... Y también puede ser una coincidencia fabricada.

—Pero, Klaus... H. H. es un anciano. ¿Con qué finalidad fabricaría una coincidencia así? ¿Además, cómo va a conocernos a mí y, ya no digamos a la Violeta actual, sino a la que fue ella de niña?

Klaus echó un largo vistazo a la tarjeta, en la que palpitaban la dulzura de la chica y las plumas blancas por igual, a la espera de una respiración que las colmara de deseo. Sin atreverse a mirarla más de cerca, sentenció con la transparencia de esa mirada suya que era una navaja premonitoria:

—Eso es precisamente lo que debería preocuparte.

Pero eso fue precisamente lo que no hice.

IX

¿Cómo se fabrica la piel de un deseo innombrable? Tal vez del mismo modo que se urde el látigo de un castigo. La mirada y el alma tensas como una cuerda para apresar el quejido silencioso de un cuerpo cuyo mayor pecado es precisamente su inocencia. Aunque algunos de los que me lean —si es que esto puede ser aún posible— les parezca contradictorio, hay cuerpos y hay seres que son culpables de inocencia: son ellos los que consiguen tirar de la cuerda y desencadenar el bulto informe, oscuro, irrevocable del instinto.

Sé que mis palabras parecerán un alegato irresponsable, la excusa cobarde de alguien que no es capaz de enfrentar sus actos y asumir sus consecuencias. Quienes ya me han juzgado y encontrado culpable tendrían que padecer en carne propia el hambre por la fruta inviolada, su voluptuosidad irrefrenable, casi impúdica. O tendrían que reconocer el acecho de esa sangre tibia y virgen en oleadas de fragancia irrenunciable, clamando por su inmolación, en los cuerpos de niñas cercanas y amadas desde la prehistoria de la pasión, cuando entonces resultaba relativamente fácil descubrirse con la pureza filial del buen padre, el amante tío, el amorosísimo hermano... La diferencia entre uno y otros es tan sólo el filo de una sombra, el instante de eternidad obnubilada en el que la gloria más rotunda, el paraíso más absoluto y atroz, se perfilan en la punta de nuestros dedos, al borde mismo de la mirada de labios sedientos, y ya no es posible dar marcha atrás.

Así se fabrica la piel de un deseo innombrable, del mismo modo que se urde el látigo de su suplicio.

X

Podría argüir que Helena nos había abandonado, que contra toda lógica —¿pero es que acaso la pasión se rige alguna vez por una lógica ajena a sí misma?—, se había marchado con el profesor de teatro de Violeta, dejando a su hija amada literalmente en mis brazos. Violeta estaba por cumplir doce años. Lo recuerdo demasiado bien porque sucedió poco después del fin de cursos, cuando la pequeña hizo su aparición en aquella obra de duendes y hadas, y vestía un payasito con tutú que dejaba al descubierto, a través de un ovalado escote posterior, su espalda perfilada de pequeños montes alineados con gracia y provocación hacia la altivez de la nuca en un extremo y hacia la redonda avaricia de su trasero ya en creciente. No antes descubrí su cuerpo recién florecido de planicies tersas, colinas inciertas, dulces hoyuelos y recapacité mientras Helena le acomodaba una diadema de violetas que había hecho con sus propias manos para la ocasión: "Sí, ya va a cumplir doce años..." Debí pronunciarlo en voz baja, apenas audible, pero lleno de asombro, pues Helena, en un gesto en el que se confundía el orgullo con la aflicción, abrazó de súbito a su hija, apartándola de mi mano que dudaba en tocar la constelación montañosa de su espalda en su estrella más alta, ahí donde una nube de vellos de la nuca infantil imantaba la mirada. Y en un susurro, que entonces creí un arranque de ternura ante la hija que comenzaba ya a perder por ese proceso natural de la vida, Helena exclamó: "...ya comienza el milagro... Si al menos pudieras quedarte siempre así..." Acto seguido, sacó una cámara fotográfica de entre el traperío de ropas regadas en la habitación transformada en vestidor, y se alejó unos pasos para tomarle una fotografía a la pequeña hada. Yo recordé la otra fotografía que permanecía guardada en la cajita de Olinalá, donde Helena niña y la Violeta primera jugaban a ser una el espejo vibrátil de la otra, y le propuse tomarles una fotografía semejante a la madre y a la hija. Helena se negó rotunda: "No es necesario, dijo, a cada Violeta la llevaré siempre en el corazón. Además, hace mucho tiempo que dejé de ser un hada..." Quedé sorprendido. Hacía siglos que no reparaba en Helena y me desconcertó el tono de gravedad de sus palabras que presagiaban el advenimiento de algo irremediable. Claro que los años de casados se habían vuelto un ritual de convivencia amable pero distante y obligada; en efecto, la pasión había ido menguando y, por ejemplo, Helena ya no me despertaba sembrando versos en mi pecho (ni siquiera para dar fe de su dolor como la vez en que recién casados peleamos y entonces punzó con latidos de Neruda: "Áspero amor, violeta coronada de espinas..."). Por supuesto, también las obligaciones familiares pesaban con esa carga anodina de los casamientos y los bautizos y los cumpleaños de los hermanos y los cuñados y los hijos de las hermanas y las cuñadas, sus padres y mi madre, y la propia Violeta con su trajín matutino, sus actividades artísticas por las tardes, los sarampiones, las amígdalas, la clase de natación.

Me pareció natural que en los últimos tiempos Helena buscara nuevos horizontes. Desempolvó su título de educadora y empezó por dar clases en la escuela de Violeta. Poco después, hizo algo que yo no haría jamás: acudir una vez por semana a un grupo de terapia recomendado por su hermana Isabel que para los tiempos que corrían estudiaba psicología en la universidad. Y todos estos cambios los divisé desde una orilla lejana, apartado como estaba en mi propio universo de silencios, la rutina extática de divisar las partes plásticas de las muñecas en la banda mecánica que operaban los ayudantes de Jacinto, las películas mudas en compañía de Klaus, las ocasionales escapadas con las prostitutas del barrio de la Flor, siempre más lozanas y púberes que las del distrito de la Merced... Y los sueños, es decir, un sueño en particular, ése en el que ya antes he señalado podría resumirse mi existencia. Darle sentido.

Pero quería hablar de Helena. Nunca pude odiarla, no sólo porque siempre que se ha desencadenado el dolor en mi vida, surge en mí un muro inexpugnable que me distancia de las personas y las situaciones, sino porque conforme transcurría el tiempo terminé entendiendo lo poco que la conocía, lo ajena que siempre estuvo de mis manos y de mis ojos. Tan desconocida y sorprendente como en realidad lo somos todos para los otros y para nosotros mismos. "El hombre es el sueño de una sombra", fue la frase que Klaus dejó abierta para mí en su mesa de dibujo por aquellos días cercanos a su abandono. Procedía del libro de un poeta griego que ahora olvido. Pero confieso que aunque oscura y confusa, la frase me aturdió como si se tratara de una verdad fulgurante. Como si en ella estuviera cifrada la revelación de toda contradicción humana, de todos sus tanteos y aproximaciones. Por más sublimes o abominables que resultaran a la postre.

He dicho que Helena comenzó a acudir a un grupo terapéutico. Al principio, cuando creía que era ella la que controlaba la situación, solía contarme cosas. Después, conforme se fueron desanudando las sombras y los fantasmas, optó por el silencio. De hecho, la última vez que me confió sus secretos, fui capaz de advertir que un proceso irreversible comenzaba a desbordarla. Y sentí miedo, tal vez porque adivinaba en él la fuerza de un arrastre que había alcanzado a atisbar en mi interior cuando, por ejemplo, revisé las fotografías de un libro de Bellmer que con grandes trabajos y tras meses de espera conseguí por encargo de la librería francesa de la ciudad. Antes había apreciado fotografías aisladas del artista alemán, pero ahora... quedé sin aliento, indefenso ante las imágenes lacerantes de este volumen que recogía gran parte de su trabajo con la serie sobre *Die Puppe*, carnosas muñecas adolescentes desarticuladas, desmembradas, atormentadas por obra y gracia de un deseo que no tiene piedad ni sosiego, inmensurable y oscuro como el sabor cálido y acre del instinto. Por supuesto, revisaba el grueso libro en la fábrica. Sólo semanas después compartiría con Klaus sus páginas prohibidas, exponiendo a su vista sólo aquellas que me resultaban más tolerables. Hubo una en particular que jamás hubiera podido compartir con él ni con nadie y que permanece en mi memoria inexorablemente arraigada al último secreto que me confió una Helena trastornada por una revelación de su pasado que había permanecido sellado en una cajita de Olinalá que ni ella misma sabía guardaba en su interior. Abierta, exhaló su fragancia perversa e implacable. Y Helena, trastornada y frágil, se refugió esa noche en mis brazos como no había sucedido en muchos años ni sucedería ya después. No puedo reproducir palabra por palabra su relato porque sentimientos cruzados, imágenes que emergían lodosas y luego límpidas me iban abriendo a un desasosiego gozoso e insoportable. Y la fotografía aquella de Bellmer, entre todas, articulaba con fragmentos de muñecas esa grieta insondable por donde se colaba el furor ardiente de mi alma. Hasta donde me es posible recordar, estas fueron *grosso* modo sus palabras:

"No sé quién empezó a hablar del tema pero de pronto ahí estábamos todos abriendo las infancias y el mundo de los manoseos con los mayores. Toqueteos, besos y en algunos casos, algo más. Y los adultos, casi siempre, eran familiares cercanos y queridos. Todos, absolutamente todos en el grupo, habían vivido alguna experiencia semejante, pero en algunos casos, ya de adultos habían sido los perseguidores... Todos habían hablado menos yo. Al parecer, era la única que se había salvado. Yo misma me sorprendía de que esa puerta se mantuviera cerrada en mi caso. Pero era eso: una puerta clausurada. Apenas crucé el umbral de esta casa —tú le habías entregado a Violeta tu muñeca más reciente: la sirena atrapada en una burbuja de mar, y ella te plantaba un semillero de besos en las mejillas—, la otra puerta se descorrió. Entonces recordé. Durante veinte años el secreto quedó sellado en mi interior. Sólo había sido un sueño confuso, un juego divertido y luego doloroso que por arte de magia desapareció y se fue —pero tal vez, olvidarlo porque, lo confieso, al principio también yo disfruté: fui inmensamente, irreparablemente feliz. No te puedo decir quién fue, sólo te digo que ahora entiendo por qué no puedo dejar que te me acerques por detrás. Que me hagas el amor así."

Recuerdo que mi pequeña Helena temblaba. La calmé como pude: más que un marido, un padre amoroso que la recostó en la cama, la arropó y le dio unos calmantes para que se cobijara con el manto etéreo de la inconsciencia. Me quedé con ella en la recámara, percibiendo su respiración en un principio intranquila y, poco a poco, después sosegada. La tarde declinaba y por el ventanal que daba al jardín se colaban las sombras. Pero en mi interior seguía refulgiendo una grieta que me reclamaba. Más allá de la imagen perturbadora de Bellmer, del descubrimiento reciente de Helena, incluso, del recuerdo vago de Naty, aquella primera niña desnuda y dolorosamente rota, esa grieta era una boca y un abismo. Una sonrisa con secretos y una herida pródiga. En su voz sin voz, la escuché murmurar estas palabras boscosas: "Sólo los sueños son silenciosos, no vayas a despertarte". Pero, claro, yo ya estaba despierto.

XI

Si "perverso" es aquello que lastimándonos no nos deja apartar la mirada, ¿cómo nombrar lo intolerable, aquello que nos ve y no somos capaces de contemplar de frente y sostenerle la mirada? Y sin embargo, tocados por el simple roce de esa visión que no pudo ser total ni completa, uno está inevitablemente condenado a reconstruirla una y otra y otra vez en la pantalla oscura, obsesiva, silente de la memoria. Pienso por ejemplo en esa otra imagen de Bellmer que nunca pude mirar sin sobresaltarme: un simple par de brazos desmembrados de algún cuerpo de muñeca, descarnados y vueltos a articular, uno contra otro, en una nueva totalidad inocente y a la vez obscena. De hecho, sólo me acerco a esa imagen si cierro los ojos y la pienso en sus partes: a veces, me entretengo en las manitas con hoyuelos y en el barniz descascarado del meñique izquierdo; otras veces, acaricio la piel inmaculada que recubre el interior de los antebrazos y que ha quedado oculta para siempre; otras más, husmeo por separado las axilas imposibles —son sólo brazos de muñeca, me digo para tranquilizarme—. En cambio, casi nunca me atrevo a ensoñar la juntura interior provocada por el ensamble demencial de los hombros suaves y redondeados que en realidad son ya otra cosa. No, no miro la oscuridad abisal de la herida resplandeciente a la que ambos brazos dan origen al ensamblarse, sino que desvío la vista a la penumbra circundante y entonces escucho su rumor de cascada silenciosa y pertinaz. Dos, tres segundos en que el mundo se detiene, en suspenso el proyector de la memoria en un fotograma auditivo que no emite sino un sonido lejano y circular: como una marejada de sangre que llena todos los huecos: no hay más paraíso posible. Y me dejo acallar bendecido por ese rumor, dulcemente glorificado por su sonido en ausencia. Pero mirarla frente a frente, sostenerle la mirada, sería como abandonarse a la muerte: asomarse a su espejo de abismo y éxtasis.

Y sin embargo, algunas veces me he asomado. Entonces el corazón desbocado en un galope sin freno, que llega hasta el borde y luego no le queda sino saltar al vacío irremediable: un latido en expansión que no conoce límites, ni vergüenza, ni dolor. Justo ahí la vida, la muerte, los principios, el bien y el mal se anulan y uno no es más que el pequeño universo colapsado, el fuego oscuro, el color implosivo de la pasión que lo desborda.

Sólo esta vez, antes de que mis labios se conviertan en ceniza, me atreveré a decirlo. Afuera llovía.

Afuera llovía a cántaros y mis pasos y mi mano

que empujó la puerta.

Afuera llovía y adentro la bruma y la cascada de la regadera ensordecían mis pasos y el ruido de la puerta que empujó mi mano.

A cántaros la lluvia y la cascada de la regadera silenciaban también mi respiración.

Más que respiración

jadeo

en medio de la bruma y la cascada silente

un filón en la cortina de baño

nadie en la casa   solos la pequeña y yo

en medio de la niebla y la lluvia

apartados del mundo como en un sueño boscoso

a través del filón-abertura

un cuerpo albeante dejándose profanar por la caricia

del agua

con dedos en gota que también buscaban traspasar su carne

y sumergido en el goce el pequeño cuerpo

alzaba los brazos y anudaba voluntariamente

sus manos —justamente en esa región articulada que se conoce con el nombre de "muñeca" y por donde se anuda en primera instancia un cuerpo y por donde deslizan la navaja los suicidas

entonces anudadas las muñecas

maniatadas a la columna de su placer sin ataduras evidentes

para recibir la arremetida amorosa del agua.

Afuera
llovía en cascada.
Adentro
también.
La mirada había rasgado el velo de la niebla y la cortina.
El cuerpo dulce y frutal también.
Súbitamente desgarrado. Derramándose
en gotas violentas que salpicaban de púrpura
la blancura de la tina.
Afuera seguía lloviendo en cascada.
Adentro
arreciaba
silenciosamente.
De hecho diluviaba.

XII

Para que dos se condenen basta una mirada. Para que se reconozcan y se palpen, para que sepan santo y seña, para que dialoguen, acallen, vociferen en el idioma sin palabras del pecado. Para que lo compartan con ese lazo indisoluble e irrenunciable de la culpa gloriosa, la que proviene del pozo sin fondo del deseo que sólo es hambre e instinto. Una mirada sola. No hace falta más. Para perderse y —¿por qué no reconocerlo de una vez?— también para salvarse, irrevocablemente.

XIII

Decía que diluviaba adentro y afuera. De pronto un trueno quebrantó la niebla y el bosque. Insistente, repetidamente. Era Isabel. Violeta la había llamado con urgencia. Le había dicho que estaba herida.

—Te imaginarás de qué se trata, ¿no? —dijo la recién llegada mientras se quitaba la gabardina empapada y la echaba en mis brazos.

Yo estaba aturdido. No entendía de qué me hablaba. Con la lluvia, el cabello lacio de Isabel había terminado de pegarse a sus mejillas delineando su rostro joven, de aire todavía infantil. Recordé a Helena y a Violeta. Nunca antes me había percatado de que su parecido más que de rasgos, era de naturaleza tan incorpórea como la sonrisa carnal que los labios de Isabel dibujaban para jugar el papel de la tía indignada que le salía tan bien. Y pensé en una misma línea de muñecas de fulgor semejante: reconcentrada en la pequeña Violeta, la magia de estas mujeres-niñas seguía emanando voluptuosa e irremediablemente. Tuve que evitar mirarle el rostro. Bellmer había tenido razón al ensamblar en un par de brazos la materia incandescente del deseo: bien mirado, por donde quiera podía saltar la liebre enfebrecida del instinto.

La gabardina de Isabel goteaba entre mis manos. La colgué de un perchero del recibidor y balbuceé:

—No sé de qué hablas...

Percibí que los labios de Isabel hacían un puchero de desprecio antes de decir:

—Ustedes los hombres nunca saben nada... ¡La menstruación! Qué más podía ser. ¿Dónde está Violeta?

Recordé la bruma del bosque todavía cálido y húmedo en la punta de mis dedos y musité:

—En el baño.

Isabel debió de sentir mi desolación pues aunque ya se dirigía hacia las escaleras, regresó a mi lado, me acomodó el cuello desaliñado de la camisa y me plantó un beso de chiquilla que juega a comportarse como adulta.

—Y pensar que cuando era niña quería que fueras mi novio... Mira en qué estado te encuentras —se refería a mi barba sin afeitar, la camisa desbordada, ese aire de orfandad con el que había quedado tras la partida de su hermana.

No pude responderle, si acaso, acallar un gemido que yo bien sabía no tenía que ver solamente con Helena. Sí, me hallaba solo y era más que nunca vulnerable a mis propios suplicios. Isabel me acarició la barba incipiente: sus labios apuntándome con el candor de su curveada ternura: —Tienes que reaccionar. De acuerdo, Helena se fue. Pero te queda tu hija... Si no puedes solo, debías conseguirte otra mujer.

Agradecí sus palabras con una sonrisa. Pero estaba roto. La miré subir casi brincando con sus piernas flexibles de amazona que alguna vez habían cabalgado en el corcel de mis muslos. Toda felicidad era tan fugaz, una herida permanente. Fue entonces que pensé en construir las Violetas púberes. Abrirlas y hacerlas sangrar. Quebrantar sus cuerpos cerrados y perfectos de muñecas inofensivas, romperlas con una grieta esencial, hacerlas vulnerables. Tan vulnerables y frágiles —sé muy bien que pocos se atreverán a admitirlo— como sólo un hombre es capaz de serlo.

XIV

Entre los dos, ella era la más inocente. Al principio, los fines de semana en que salía del internado —cuando no acompañábamos al tío Klaus a su concierto de los domingos en la universidad, o paseábamos con él por el jardín botánico o el zoológico—, ella y yo jugábamos a veces, a solas. En ausencia de Helena podíamos permitirnos romper algunas reglas sin preocuparnos demasiado por las consecuencias, como la vez en que Violeta decidió comer en el piso de la cocina, bajo la mesa del antecomedor y desde ahí invitarme a una guerra declarada de guisantes —al fin y al cabo, digna princesa—, transformadas las sillas caídas en repentinos puestos de combate. Entonces, su postura pecho a tierra, muy serias las desnudas piernas por obra y gracia de unos shorts que cada día encogían más y luego esas mismas piernas puestas a sonreír en un balanceo dulce y acompasado toda vez que la estratega en jefe hacía blancos en mi cara embobada.

O la vez que les organizó una fiesta de no-cumpleaños a sus muñecas y que en realidad resultó ser una especie de despedida. En aquella ocasión, además de la veintena de muñecas de su colección —todas antiguas e inofensivas Violetas— que de pronto se hallaban diseminadas por los muebles de la sala, fui el único varón invitado a la ceremonia. Mientras Violeta subía a su recámara y nos dejaba solos, era extraño aguardar junto a ellas, a las que conocía desde antes de su nacimiento en los moldes, de quienes en cierta medida era yo su progenitor, y presentir ahora su naturaleza inquietante y silenciosa. Sentadas a mi alrededor, los brazos y piernas abiertos no sé si reclamando una suerte de abrazo total o encarnando un estado de gracia fulminante y dispuesto, eran también pequeñas esfinges del destino cuyos labios inmóviles parecían murmurar: "Sabemos mucho mejor que tú mismo lo que estás pensando detrás..." Recuerdo que al oír estas palabras me intimidé y me volví hacia adentro, pero sólo descubrí las habitaciones de una fortaleza vacía. Cuando volví a asomarme, Violeta estaba ya frente a nosotros y su sonrisa al descubrirme ensimismado fue un puente de luz. El puente conducía a un bosque encantado, ahí donde Violeta había vuelto a ser un hada. No repararía sino hasta segundos después en que se había disfrazado con el traje del último festival escolar y que por supuesto, tras los meses transcurridos, apenas le quedaba —o le quedaba maravillosamente pues sus formas tenues se insinuaban así un poco mejor. Tenía en mente darnos una pequeña función, pero, acostumbrada a que su madre la ayudara, no había sabido cómo maquillarse los párpados. Así que bajó con el estuche de pinturas de Helena en una mano y en la otra la señal inequívoca para que me acercara. Yo me paralicé aunque adentro mi pequeño Tántalo se revolvía feliz en sus aguas. El hada me miró entonces con tristeza y murmuró: "¿Es que no vas a ayudarme?", y su voz era el eco manso de una indefensión total. Había también gotas de rocío a punto de desbordar su mirada y mi niña frutal me pareció absolutamente irrenunciable. Apenas si pude asentir con un movimiento de cabeza. Entonces una Violeta altiva dio un par de zancadas y de un brinco delicioso se asentó de un golpe en mis muslos. Comencé a maquillarla temblando de excitación. Debió de confundir el trote involuntario de mi pierna derecha porque con los ojos cerrados y la boca apuntando ligeramente hacia arriba mientras se dejaba acariciar por el pincel, musitó: "Hace mucho que no me haces caballito". Por toda respuesta, aparté el pincel y comencé un trote ligero que en cada brinco me ponía en contacto con el calor mullido de su entrepierna. Violeta me pasó las manos por la nuca y comenzó a reír como si gorjeara, feliz porque había reconocido de nuevo ese paraíso del cuerpo en el que no existe otra cosa que el gozo de ese cuerpo y su pureza instintiva. Aceleré el trote al tiempo que descubría un rastro de sudor que le perlaba esa zona delicada y sensible, cuyo nombre desconozco a la fecha, y que dispuesta entre la nariz y los labios, al excitarse es el botón erecto de una flor a punto de prodigarse. Y sí, con toda la pureza de que Violeta era capaz, estaba absolutamente, inmaculadamente excitada. La vislumbré como la imagen total de mis deseos, la parte que por fin me hacía falta: frágil pero vigorosa, dulce pero con esa vulnerabilidad altiva que pedía a gritos ser dominada. Y ahí estaba entre mis piernas, erguida e indefensa, haciéndome sentir lo poderoso que por fin era, lo completo que al fin estaba. Y sin necesidad de tocarla. Fascinado con la sola idea de saberla. Para ese momento, los dos reíamos pero ya el dolor y el esfuerzo amenazaban con acalambrarme y el gozo del hada era también demasiado, y nuestras risas sin sonido se convertían en la señal amenazante de que el galope se adelantaba al precipicio. Entonces Violeta me detuvo, su mano jaló la rienda de un golpe, y en medio de un suspiro suplicó desfalleciente: "Ya no más, papá".

En el sillón habían quedado el estuche de maquillaje y los pinceles desperdigados a los pies de las muñecas que ahora sonreían victoriosas. Violeta alzó un pincel y un cuadrito de maquillaje cremoso que se había salido de su sitio pero no me los entregó para que terminara mi labor con ella. En vez de eso, blandió el pincel sobre mi rostro y ensayó su colorido tornasol sobre mis párpados perplejos y luego sobre mis labios entumecidos. Violeta reía gozosa con los resultados. Me dejé hacer lo que quiso. Fue como si me hubieran alzado en el vacío y todo, el golpe de mi sangre, los sueños que llevo atorados en las rodillas, la furia que yergue mi columna, todo hubiera quedado igualmente suspendido. Entonces el hada se alejó unos pasos para contemplar su obra reciente. Su mirada fue otro gorjeo cuando, al verme inmóvil junto a sus muñecas, exclamó emocionada: "Ahora eres una de nosotras. Ahora eres otra Violeta". Asentí. A ese grado le pertenecía.

XV

Fue entonces que las Violetas niñas comenzaron a florecer. Cuánta razón tenía Horacio Hernández al afirmar que toda pasión verdadera tiene un origen y un nombre cercanos. De hecho, según me enteraría más tarde, más que tener razón, sus palabras eran testimonio de una verdad de carne propia: no en balde la primera de sus Hortensias había nacido a la sombra de su esposa, una mujer de mirada encantadora y penetrante según la foto que de ella me mostrara H. H. la única vez que estuvimos frente a frente. Su nombre, claro, era precisamente María Hortensia, aunque todos, incluido el propio Horacio y su hermano Felisberto, la llamaran por el primer nombre. Por supuesto, hay quienes prefieren ocultar sus apetitos y asignarles el rostro de un personaje de ficción pero aun en esos casos hay señales que conducen a la fortaleza enmascarada: rastros inequívocos que se trasparentan a pesar de o precisamente por el espesor de la veladura. Hay que tener paciencia y oído para escuchar su lenguaje de susurros. Quedarse quieto y esperar a que desplieguen su firmamento cifrado de constelaciones y signos. Pero en ese entonces, cuando las Violetas comenzaron a florecer, yo no sabía nada de las Hortensias, ni de su creador, ni mucho menos de esa secta abominable que trabaja en las sombras por más que algunas veces se haga llamar Hermandad de Adoradores de la Luz Eterna. No quiero adelantarme pero, si es verdad que aún no han conseguido enloquecerme del todo, su urdimbre ha estado presente, transformándose y con distintos nombres, desde siglos anteriores. (O tal vez esto pruebe que han conseguido en parte su propósito conmigo: inocularme el veneno de la sospecha y la culpa, inflamar el delirio de quien, creyéndose más libre que los otros, ha cedido a la condena de la persecución porque, a pesar de todo, sabe que hay algo que debe expiar —pero también sé que si soy capaz de dilucidar estas otras posibilidades, es porque aún he podido mantenerme en ese filoso haz de la cordura —aunque las tinieblas por un lado y su reverso idéntico, la luz absoluta y enceguecedora, amenacen con derribarme desde la muerte infame de Klaus.)

La muerte infame de Klaus. Tengo que repetirme la frase para que ese indicio de realidad no se me deslice entre los dedos como un pez irremediable. Repito la frase y de inmediato doy marcha atrás: dispongo y ordeno nuevamente los datos, encuentro veredas aledañas, reconstruyo la fortaleza desde otras perspectivas, entonces heme aquí de nuevo introduciéndome en el bosque: dije que en algún momento las Violetas comenzaron a florecer, y lo hicieron, debo confesarlo, sin culpa, sin que mediara ningún temor, desde el primer segundo en que brotaron como capullos desde el fermento de mis fantasías y mis entrañas. La sola idea de imaginarlas me producía vértigo. Violeta acababa de marcharse al internado y ya me consolaba imaginar el tacto inmóvil y reverente de sus hermanas. Yo me encontraba afiebrado y hasta por instantes, feliz de sentirme enfermo, experimentando esa vitalidad sonámbula y exultante que acompaña el despertar de una obsesión: la pureza núbea de llevar a la práctica un sueño que no hemos podido abandonar en la almohada. Sumergido en medio de un trance, sabiendo que una voluntad ajena tomaba mis manos y me guiaba por senderos sólo antes presentidos, con la conciencia rotunda de que lo que me acontecía se asentaba en mí y me desbordaba con la misma inevitabilidad de una fuente pródiga o de una herida sonriente. Garabateé decenas de bocetos hasta que, una noche, creyéndome solo en la fábrica, tracé en un lienzo el cuerpo ensoñado en sus dimensiones de tamaño natural. Como el original que lo inspiraba el dibujo me llegaba a la punta del esternón, a escasos dedos del músculo cardiaco. Lo medía contra mí imaginando desde ya el olor a polímero nuevo que sus miembros recién salidos del molde llegarían a desprender, cuando percibí pasos sosegados a mis espaldas. No necesité darme la vuelta para saber que se trataba de Klaus. Permanecí con el lienzo en la misma posición, el alma y los sentidos expectantes. Klaus inspeccionaba el dibujo por encima de mi hombro —no sé si he dicho ya que a pesar de sus años seguía siendo vigoroso y no se había encorvado de modo que me sacaba media cabeza: así de alto y erecto era. Después de segundos infinitos, dijo por fin:

—Así que esto era lo que te mantenía tan ocupado —y tras una pausa en que de seguro me medía como al niño que otras veces tuvo que solapar, continuó—. Si la quieres, como me imagino, con todo detalle, habrá que conseguir un nuevo maestro tornero. Alguien más... especializado.

Asentí. Plegué el lienzo sobre mi brazo y sólo entonces me volví hacia él. Me esperaba su mirada transparente a la que era imposible no confesarle lo que yo mismo no sabía que ocultaba.

—Sí... pero habrá que fabricarla de tal modo que pueda comportarse —me detuve sin saber por qué, sólo la súbita conciencia de que un velo se rasgaba y un Julián irreconocible para mí hablaba por mi boca y entonces éramos dos desconocidos pero cercanos, tal vez gemelos no uno al lado del otro, sino atrás, uno adentro del otro— ...comportarse como una adolescente en toda la flor de su edad.

Creo que Klaus, a quien pocas cosas podían perturbar, tampoco se lo esperaba. Recordé su mirada cristalina que muy tempranamente, cercano el episodio de Naty y mi fascinación primera por los miembros inarticulados de las muñecas, me había reconocido con un leve gesto de bienvenida hacia una multitud de iguales donde mi padre y el propio Klaus Wagner me darían cabida tarde o temprano. Pero en esta ocasión la mirada del hombre que otras veces había fungido como un segundo padre, a su modo y en su reticencia más accesible que el otro, me contemplaba con un gesto inusual, sorprendido de verme avanzar en el camino de los deseos donde al parecer él hacía tiempo se había detenido.

XVI

En ese entonces la vida pareció florecer también para mí. Las cosas se resolvían con fluidez. Todo marchaba sobre ruedas. Por recomendación de Klaus, la dependienta de la droguería de esencias internacionales me preparaba las más exquisitas mezclas para que yo pudiera escoger entre ellas, la indefinida, la de linfa perfecta. Clara era una mujer madura que conservaba una ligereza juvenil a pesar de la muerte de sus dos maridos y la soledad de los años recientes. Aunque no había padecido demasiado el rigor conyugal, viuda por segunda vez y sin hijos, se había propuesto mantenerse en esa interdicción gloriosa adonde nadie podía erigirse ya en dueño de su destino. Pero le agradecía sobre todo al primer esposo, un farmacéutico que le había dejado la droguería, ese paraíso alquímico al que sin título de por medio tenía acceso y que le daría para vivir bien hasta el final de sus días.

Fue a sugerencia de Klaus que llegué a su negocio de cristaleras y matraces en las laberínticas calles del centro. Sin saber muy bien lo que decía, mis labios habían declarado cuando hacíamos las primeras pruebas con la mezcla de caucho y arcilla plástica: "Huele deliciosamente a nueva... pero más bien debiera oler a bosque y a miel...”

Klaus había conocido a Clara en el jardín botánico, adonde iba ocasionalmente después de su concierto de la ciudad universitaria de los domingos. Reservado como era, en realidad yo sabía muy poco de él y más bien lo presentía. De su relación con Clara como de las numerosas mujeres que sin duda existieron, tuve que contentarme con escasísimos datos y a partir de ahí usar la imaginación. Porque por supuesto me intrigaba esa dominación fehaciente que tanto él como mi padre ejercían sobre el sexo opuesto. Yo los había visto hacer y disponer por ejemplo con las empleadas de la fábrica que los trataban con reverencia no sólo por el hecho de que fueran los dueños y sus jefes, sino por ese aire de vivirse como ejes del universo que ambos compartían y que las mujeres a su alrededor les hacían creer. Supongo que es una cuestión de géneros. Las mujeres siempre saben —o creen saber— que los hombres poseemos un poder que ellas no tienen. Así lo constaté con mi propia madre que, muerto mi padre, le tenía una especie de altar en su recámara no obstante que durante el funeral se enteró —porque ambas queridas se apersonaron en el cementerio— de la vida extraconyugal de mi padre por partida doble. Con Klaus era diferente porque por principio de cuentas nunca se casó ni se le conocían relaciones familiares más allá de unos primos que habían quedado atrapados en Alemania oriental y con quienes nunca restableció contacto por más que hubiera caído el Muro de Berlín. Pero era evidente que si bien amaba su soledad, no era un hombre que pudiera vivir monacalmente: una virilidad exultante lo delataba por más que él tratara de silenciarla. Las mujeres —y también, debo reconocerlo, muchos hombres— se inquietaban con sólo mirarlo estar. No puedo olvidar una frase que siendo aún niño le escuché a una de las hermanas de mi madre, poco después de conocerlo. "No he podido dormir sólo de imaginar lo que ese hombre sería capaz de hacerle a una en la cama." Y en el tono de esa confidencia que le había hecho a mi madre cuando ambas bordaban un mantel, había temor y respeto pero sobre todo un sentimiento que entonces no pude identificar más que con un dejo de esa actitud coqueta y ambigua que ya le había visto a varias de mis compañeras de clase cuando decían que no querían algo y sólo lo decían para que uno les insistiera. Pero lo más sorprendente fue sin duda la respuesta de mi madre. Yo aparentaba estar concentrado en mis lecciones en un extremo opuesto de la mesa, pero la escuché perfectamente porque su voz se esforzaba por acallar una risa gozosa y cómplice que pocas veces le había escuchado antes: "¿En la cama? ¿Pero tú te piensas que te lo haría sólo en la cama?" Y ambas mujeres, avergonzadas y atrevidas, apuraron un sorbo de té de sus tazas mientras vigilaban que sus risas y palabras no hubieran llamado exageradamente mi atención. No mencionaron nunca su nombre pero yo sabía que hablaban de Klaus Wagner. No me daba cuenta al principio pero con los años fui descubriendo que Klaus era consciente del dominio que provocaba y casi podría jurar que sus efectos lo intimidaban. A diferencia de mi padre que se mostraba estimulado como un pequeño al que aplauden por dar unos primeros pasos o hacer una gracia, Klaus miraba los rostros de arrobamiento a su alrededor y algo en él debía de paralizarse al percibir cuán fácilmente esas almas y esos cuerpos estaban dispuestos a doblegársele. Hubo una ocasión en que cercana la muerte de mi padre, me llevó con él al barrio de la Flor. Apenas traspasamos la cortinilla de abalorios de la entrada, la regenta de la casa principal se abrió paso para recibirnos.

—Señor Wagner, otra vez con nosotros. No lo esperaba hoy, pero llega usted de lo más oportuno —dijo mientras señalaba con un gesto a una muchacha de mirada huidiza, tan a todas luces nueva en el lugar que yo que también era nuevo pude percatarme de su situación. Tendría escasos catorce años y a pesar del escote y el vestido entallado, su cuerpo y sus rasgos eran tan suaves e indefinidos como los de un dulce ángel asexuado.

A una señal de la regenta, la muchacha que por fin había dirigido la mirada hacia nosotros, se aproximó con timidez. Pero apenas percibió a Klaus frente a ella, esa mirada azul que ahora transparentaba también el deseo del alemán, y el recato de la chica dio lugar a una mirada sin aliento, un abandono semejante al de la presa que ha suspendido todo intento de fuga ante un pavor que mucho tiene de entrega y estado de gracia.

—Iris... ve con el señor.

Y ya se disponía Iris a obedecer, cuando Klaus la detuvo:

—No conmigo... Con él.

La muchacha dudó un instante. Su rostro se alzó apenas hacia el hombre en un gesto de rebeldía o súplica que no duró más que un segundo porque acto seguido me tomó de la mano para guiarme a los cuartos superiores. La verdad es que tanto Iris como yo mismo, minutos más tarde uno en brazos del otro, no habíamos hecho más que obedecer —y descubrir entonces en el acto de someternos nuestra propia naturaleza y deseo.

Cuando vi a Clara en lo alto de la escalera de caracol que conectaba la droguería y el laboratorio de la trastienda con su oficina y un pequeño cuarto de estar, supe dos cosas: que Klaus ya le había hablado de mí y que esa mujer le había pertenecido. Apenas verme, me hizo una señal para que la alcanzara en la proa de esa gran embarcación de aire y cristal que era su negocio de esencias y perfumes. Mientras ascendía por la espiral, llegaban a mí efluvios químicos penetrantes que consiguieron marearme. Era literalmente una ascensión en las profundidades del aroma donde reconocía con claridad marejadas con olor a especias y a madera, surcado por aromas ácidos y florales, de súbito oleadas a húmedos bosques de arces. A punto del vértigo, el rostro de Clara surgió sonriente y bondadoso. Mientras le tomaba la mano que me ofrecía para terminar de arribar al entrepiso superior de la nave, recordé que no hacía mucho con Klaus, copas de por medio y después de una larga sesión de trabajo con infructuosos ensayos de Violetas, el reservado Klaus me confió: "Niñas dulces e inocentes... La verdad es que todas las mujeres, aun las más ancianas o las más fieras, se transfiguran y recuperan esa gracia de criaturas celestiales cuando hacen el amor". Vi el rostro de Clara, su sonrisa plácida, y pude fácilmente imaginarla sometida por Klaus Wagner, convertida en un ángel adolescente, bienaventurada y virginal en medio de su propio éxtasis.

—¿Así que buscas un perfume para tu niña? —me dijo ella visiblemente sonrojada como si hubiera percibido mi tantear entre sus sombras.

Asentí en silencio, recuperándome aún del torbellino de esencias y recuerdos. Por toda respuesta me señaló una hilera de frascos color ámbar que tenía dispuestos sobre su escritorio. Eché un vistazo a las etiquetas: lavanda, espliego, clavel, almizcle, jazmín, estoraque...

—Sabes, Julián... me ayudaría mucho saber lo que estás buscando —dijo Clara mientras me invitaba a sentarme y ella misma se hacía lugar atrás de su escritorio.

—No sé si sea posible... busco un aroma a bosque y a miel...

—Es decir, una mezcla oscura y dulce a la vez.

Y se quedó pensando unos instantes. Luego, como un ramalazo me espetó:

—Podría ser un perfume a base de esencia de cedro, ámbar y lilas o... violetas más bien. Notas altas volátiles y delicadas, notas bajas fijadoras para que la mezcla perdure —dijo la perfumista haciendo gala de los conocimientos que había atesorado. Ahora abría ese cofre aromático y me lo ofrecía a mí—. ...Y sí, en la parte central de esa pirámide fragante, el aroma lujurioso y embriagador de la *violeta odorata*. Claro, en las proporciones adecuadas...

Quedé fulminado. Nunca antes se me había ocurrido que con alguna variante —el bosque en la niebla, un rocío de sangre—, el aroma esencial de Violeta podía ser precisamente el de su nombre. Miré el rostro bienaventurado de Clara, feliz porque se daba cuenta que con su sugerencia había logrado satisfacerme e impactarme. Y sí, sólo de imaginarlo, aquel aroma ensoñado empezaba a florecer de nuevo en mi nariz ante la sola sospecha de su nombre.

XVII

¿Qué piensa una muñeca cuando le haces el amor? ¿Acaso su carne dormida no soñará que es en verdad una muchacha? ¿Y su aroma, esa suerte de marejada que se desprendía en el momento más íntimo como una última exhalación, no era acaso otra señal de su absoluta entrega, del placer que ella también encontraba al ser sometida? Clara había preparado numerosas mezclas en las que la nota media estaba cifrada en esencia de violetas. A su alrededor, despuntaban en fragancias sutiles la magnolia, el jacinto, el lirio de los valles, el jazmín, la freesia, combinaciones que, según iría descubriendo en la droguería, se asentaban en bases profundas de ámbar, musgo de roble, vainilla, maple, melocotón, almizcle, sándalo... Cada frasco de esencia contenía la semilla de una nueva Violeta. Y cada posibilidad me acercaba a la prensa donde yo mismo comencé a vulcanizar por las noches otras dos Violetas.

Las ventas de las muñecas normales, aquellas antiguas e inofensivas flores de ramillete de producción en serie que cabían en los brazos de niñas que soñaban con ser madres, declinaban ante los embates de las novedades extranjeras. Pero no fue mía la idea de comercializar las Violetas prohibidas. De hecho, ni siquiera de Klaus. Suya, sólo fue la idea de exhibir unos pocos ejemplares en la feria de Ámsterdam. Y eso, porque compartía conmigo esa paternidad cómplice y orgullosa que lo llevaba a sumirse en horas de contemplación en el cuarto de bodega que les habíamos asignado a los primeros especímenes antes de que me los llevara a mi casa, a esta galera-invernadero, adonde trasplanté a la primera Violeta y a dos más de sus hermanas. Al principio, yo solía vestirlas con prendas de la otra Violeta, sus uniformes escolares, su ropa interior, hasta el traje de hada... después hubo que encargar copias a una costurera. Yo miraba la veintena de frascos de esencias que había guardado en la caja fuerte de la fábrica y me daba cuenta que no podría parar. Mientras tanto, una a otra, las Violetas se perfeccionaban: cada vez se acercaban más al original. Hacia el tercer molde, el maestro tornero había logrado, basándose en una fotografía de Violeta en su disfraz de hada, consumar un parecido extraordinario: una sutil fragilidad y fiereza. También es cierto que cada vez eran más flexibles y complacientes. También más fácil resarcir su velo de ángeles por más que se las hiciera llorar... Pero yo no me daba abasto: eran ya cinco y no podía cumplirles a cada una, darles su ración de atenciones y cuidados. A su modo silencioso me lo hacían saber: un descendimiento de párpados inesperado, el movimiento lateral de un rostro como negándose a participar en los rituales y los juegos. También, comenzaban a encelarse y a reclamarme. Entonces, por fin, entendí su petición secreta: debía compartirlas, asignarles un padre y un hombre para cada una de ellas. Accedí entonces a venderlas: era el único modo de hacer brotar nuevas, de oler brevemente su perfume de pecado, de poseerlas así fuera fugazmente con una sola mirada. Klaus se hizo cargo de los arreglos. Después de Ámsterdam, comenzamos a atender pedidos selectos: desde la Patagonia hasta Estocolmo, de New Haven a Turkestán.

Fue una suerte de tregua, un transitorio estado de salud antes de la proliferación del mal. De no haber sido por ese frenético compás de espera que se prolongó prodigiosamente varios años y durante el cual me entretenía cultivando y podando flores de placer para otros jardines, yo mismo hubiera arribado a la locura. Tal vez, ahora lo comprendo, hubiera sido mejor. Precipitarse de una vez por todas en el abismo. Pero, ya lo dijo un hombre santo: por mucho menos se muere —aunque no por lo que de verdad morimos.

He dicho ya que la violación empieza con la mirada. Maniatadas en el bosque de su placer, las ropas en jirones, la cabeza doblegada, las tres niñas que aún me acompañan continúan prodigándose con criminal e inviolable inocencia.

ión comienza con la mi-
yo a torturar a mis Vio-
rar por ellas? Los juegos
ue en un principio, sólo
no pude resistirme a la in-
s las fragancias elaboradas
iga que siempre fue Clara,
que, de manera singular, po-
hacerme cabalgar el cuerpo
nte del perfume de violetas.
pesar de mi insistencia Clara se
na, a decirme sus nombres y yo,
or la mezcla de aromas que me
n la promesa de revelarme las ver-
atinaba a precisar el matiz distin-
nflamaba así su lujuria volátil. Una
gué a la droguería dispuesto a averi-
r mí mismo. Ante la mirada sorpren-
a mujer, comencé a destapar frascos de
esenciales y a olerlos indiscriminada-
"Cuidado, Julián, me dijo ella, vas a en-
r de amor..." Se equivocaba. La mezcla
cias sólo me permitió abrirme a un de-
daño pero no menos intenso: conocer el
de Clara que alguna vez Klaus había go-

zado. Sentirla otra ve
cedió por fin a mis ímp
mientras retoñaba y volv
cencia primera, exclamó
narciso... violeta silvestre

Por eso, cuando
res exigieron para sí una
propios, les correspond
aquellas mezclas avasalla
letas pero, como suele p
las mujeres en general, m
notar y reclamaron un tr
a quien la mezcla de cauch
dido el aroma que ligaba
del clavel, resultó ser una
ble por lo que había que
de pie: atada, amordazada,
conservaba esa altivez del air
mientras la contemplaba emerg
completa en medio del naufragio
blegado por su orgullo hiriente.
de llamarla Violeta, me aproxima
decía al oído para que las otras no
cucharme: "Despierta ya, vamos a en
vez mi rebelde Clavel".

La otra, no sé si por la esencia
mente masculina que el narciso anima
su entraña plástica, de cabello muy cor
que le gustaba fingirse un muchacho, a
bía que castigarla de manera diferente:
plarla celosa de la imagen gemela qu
espejo se burlaba de sus confusiones, pue
que más que amarla a ella, lo admiraba a

las tres era la única que no toleraba contemplarse desnuda e inerme: sustancialmente rota, irreparablemente incompleta. Aunque de seguro a ella le hubiera fascinado escuchar su nombre de varón por esencia y derecho propio, en vez de decirle Narciso, siempre la llamé la "Desnombrada".

A veces, sin que hubieran dado motivo, las ataba muy juntas a las tres pequeñas: sus piernas, brazos, torsos y sexos se entreveraban en una flor compuesta y demencial. Entonces, heridas en su amor propio de muñecas soberbias, tanto la primera Violeta, como a la que le decía Clavel en secreto y a la que nombraba la Desnombrada, se refugiaban en el último rincón de sí mismas y no exhalaban ni el más leve aroma. Infranqueables, herméticas, por completo inaccesibles, me dejaban solo. Yo sufría y buscaba hacerlas reaccionar con dulces manoseos y rechinantes castigos. Pero era hermoso contemplarlas en ese abandono perfecto, esa pasividad extática que sólo las muñecas pubescentes pueden adoptar sin morirse del todo.

XIX

¿Fue Bellmer enterrado con su primera muñeca como era su deseo? ¿Murió finalmente en paz o una voz insistente volvía a acorralarlo para ordenarle "Spring!", "salta" y no te detengas hasta precipitarte en el fondo del abismo? ¿Conoció en verdad a los Verehrer des Ewigen Lichtes, la versión germánica de los Adoradores de la Luz Eterna, tal y como me reveló Horacio Hernández aquella primera y única vez en que se apersonó en mi oficina una noche demencial, cargado de años y recuerdos y delirios pero sobre todo de abominaciones y mentiras? ¿Crueles mentiras o verdades impías? ¿Cómo es que H. H. sabía tantas cosas? ¿Pero se trataba en verdad de Horacio Hernández o era uno de sus sucedáneos? ¿Es decir, el propio Felisberto haciéndose pasar por el medio hermano y fingiendo su propia muerte para salvarse o, como mucho me temo, alguno de los miembros de la Hermandad de la Luz Eterna que habían decidido cercarme a mí y para lograrlo, ¿qué manera más refinada y siniestra que hacerse pasar por el anciano creador de las Hortensias para conseguir mi más absoluta rendición? Pero no debo precipitarme en la desesperación. Falta tan poco ya para que la oscura verdad cierna su filo de tiniebla, para que corte los amarres de la soga que con trabajos me mantiene en pie, en medio de este bosque inmóvil donde yo, Julián Mercader, y no mis Violetas, permanezco atado a la sed perenne de mi deseo lacerante.

XX

Mi vida se había teñido de violetas, impregnado de su aroma irrenunciable. Era sin duda alguna el más feliz de los mortales. Nada me perturbaba, ni los cambios que atormentaban al país, ni las vicisitudes de los que tienen que proveer el diario alimento a sus familias, ni el reconocimiento que hace delirar a los soberbios de mafias y cofradías; vaya, ni siquiera las febriles sorpresas de H. H. que, repentinamente, dejó de enviar correspondencia. Llegué a creer que a sus noventa y tantos años había exhalado el último suspiro, tal vez soñando la fragancia no segada de una Violeta en flor.

De pronto, las cosas se precipitaron y empezó la catástrofe. ¿Cómo se urde el látigo del peor de los castigos? Los dioses son crueles: sólo para nuestro mal nos hacen conocer el Paraíso.

La última vez que vi a Violeta fue a causa de la muerte de Klaus. Con el alud de trámites burocráticos que provoca una muerte inesperada, máxime cuando hay evidencias de homicidio, le dio tiempo para tomar el avión desde Manchester, hacer las escalas necesarias, y todavía alcanzarnos en la funeraria. Con un vestido blanco que delineaba su figura aún delicada y una valerina que le contenía el cabello alrededor del rostro suave en un vaivén acompasado, era una hermosa mujer que por momentos, mientras se perdía en algún lugar dentro de sí misma, dejaba aflorar esa su fragante inocencia que yo conocía tan de sobra. Yo me encontraba destrozado, como si a mi fortaleza de muros inexpugnables le hubieran hecho un boquete incomprensible y trascendental, pero bastó verla acomodarse en la punta del asiento cuando trajeron las coronas de flores para que la recordara cabalgando en el corcel de mis muslos como la pequeña amazona insaciable que en realidad era. Muy cerca de mi madre, que por supuesto nos acompañó aquel día aciago, estaba Isabel y algo en su mirada me reprochó ese transporte de goce inesperado. Pero no sabría decir si lo hacía por la gravedad del momento, o porque vislumbró la sombra de deseo que acurruqué en las rodillas todavía dóciles de Violeta. Podía entender su enojo. A final de cuentas, cómo olvidarlo, ella había sido la primera amazona.

La llegada de Clara, en compañía de dos hombres adustos, de impecable traje y aire monacal, me sacó de mis pensamientos. Hice ademán de incorporarme pero, desde su lugar, Clara esbozó un discreto pero rotundo gesto de negación. Su mirada, que al instante recorrió el pabellón para verificar si alguien se había percatado de nuestro fugaz intercambio, me hizo considerar que debían de estarnos vigilando.

Descubrí entonces que había mucha gente desconocida en el lugar; que, incluso para un hombre solitario como Klaus, con prácticamente nula vida social, había demasiada gente. Por supuesto, algunos eran agentes de la procuraduría; su corte gansteril y siniestro los delataba a primera vista. Había otros en cambio, hombres y mujeres, de mirar impasible, reconcentrados en la tarea de esperar y... verificar que todo estuviera en orden, que las cosas pasaran como tenían que pasar: lo mismo al recoger el pañuelo que se le cayó a Isabel a la hora de levantarse de su sitio, que al disponer el orden exacto de los arreglos florales en derredor del féretro. No llevaban uniforme alguno ni tenían la apariencia de ser trabajadores del lugar, pero no pude encontrar otra razón para su presencia que el formar parte de un servicio discrecional de la funeraria, no en balde la más costosa y elegante de la ciudad. De pronto me distraje y dejé de verlos porque sucedió algo que nunca hubiera esperado: el encuadre silente en que Violeta volvió su rostro hacia mí en posición de tres cuartos —la barbilla hundida, los labios carnosamente altivos—, para retarme dulce, encantadoramente. Su gesto tal vez era provocado por el dolor y la vulnerabilidad en que nos sumía aquella muerte inexplicable, pero entonces, en la manera en que desvalidamente me enfrentaba, vislumbré el resplandor de mi suplicio, la sed siempre renovada e inconclusa del deseo: su gloria y su condena. Y pensé en Klaus y su ausencia me punzó el corazón con un dolor físico: me

había dejado solo con mis apetitos y pecados,
en irremediable, ahora sí, incurable orfandad.

XXI

La violación más fulgurante siempre es silenciosa, pero, por sobre todas las cosas, inesperada. No sé cómo pude resistir en pie al borde de la tumba de Klaus sin resbalar con él, pero fue imposible guardar más la compostura apenas traspuse las rejas del panteón alemán de la ciudad. Violeta, que me había visto blandirme como una navaja antes de quebrarse por la mitad, se me acercó, me tomó del brazo y pidió ayuda a su tía Isabel. Ambas me condujeron a la casa. Seguramente fue Isabel la que llamó al médico que se encargó de inyectarme el tranquilizante adecuado: debía dormir y, aunque fuera fugazmente, olvidar. Comencé a verlas desde el interior de una pecera: aguas gelatinosas me separaban más y más de ambas, sus voces me llegaban distantes, sus movimientos desafocados, y una tenue y feliz inconsciencia me reconcentraba sólo en el golpeteo de mi sangre como si de nuevo estuviera en el vientre seguro y cálido de una madre. Era sin duda una madre poderosa: una fortaleza de ladrillo que a su vez era el cuerpo dócil de una muñeca. Adentro, laberintos y pasadizos secretos, mi corazón rebotaba como una pelota mágica, sin necesidad de mano infantil alguna que la empujara. Continuó rebotando hasta que me perdí en la región abisal de un sueño profundo.

Debieron de pasar horas. Era noche cerrada cuando la pelota volvió a rebotar en mis oídos. Intenté abrir los ojos pero los párpados no me obedecían. Quizá sólo me soñaba despertar y oír que mi corazón —ese traidor— se negaba a abandonar el juego pertinaz de la existencia. De pronto, se hendió la noche. Alguien entornó la puerta de la habitación: no podía tratarse más que de alguna de mis amazonas jugando a ser una enfermera. También jugaba con mi corazón: ahora era suya la mano que lo hacía rebotar más y más intensamente mientras la sentía aproximarse a mi encuentro. Yo seguía sin poder abrir los ojos y, ahora me daba cuenta, sin poder hablar ni tampoco moverme. Me había convertido, qué duda cabía, en una muñeca inerte. Mi visitante no tuvo piedad: subió a la cama y mi corazón dejó de rebotar por unos instantes cuando me abrió de piernas y me obligó a recibir su deseo frontal como un sublime estado de gracia.

XXII

Estoy por fin en el bosque. Huele a humedad pero también a una fragancia dulce y silvestre. Me adentro como si supiera que debo llegar a un destino. Cruzo barrancos y riachuelos, también parajes espinosos y agrestes. Cuando me creo perdido, alcanzo a divisar un árbol de tronco enhiesto y vigoroso. Me aproximo y descubro que tiene un hueco del tamaño de mi rostro. Pero el hueco no está vacío: en su interior hay un panal. Como nunca he visto uno de cerca, no sé si es de abejas o de avispas, pero una cosa es cierta: de ahí manan miel y cera, el aroma dulce y silvestre que he estado percibiendo desde un principio. Hundo un dedo en la corriente que baña ya la corteza del árbol y percibo un estremecimiento en la cera que comienza a cuajarse y rápidamente forma el cuerpo de una muchacha parecida a Susana Garmendia. Está unida al árbol como si la hubieran atado con ese propósito. Se halla completamente a mi merced. La penetro con violencia. Ella quiere gritar pero de su boca no sale ningún sonido. Entonces pienso que debe de ser muda. Súbitamente, me invade un terror: puede quedar embarazada. Pero entonces reflexiono: no podrá acusarme, no habrá consecuencias. Continúo forzándola y entonces descubro que su no-grito, ese que se queda atorado en su garganta, es un gemido de placer. "Sólo los sueños son silenciosos, me dice una voz sin voz, no vayas a despertarte." Y claro, entonces me desperté. Abrí por fin los ojos y vi que no había sido un sueño: montada sobre su placer, cabalgándolo, resplandecía de dulzura mi amazona.

XXIII

De todas las muñecas con nombres de flores hay una familia que algunos recordarán como la de las "muñecas-flores del mal": las Violetas, creadas por Julián Mercader y Klaus Wagner, muñecas de tamaño natural, de cuerpos púberes y virginales con las cuales consumar, para decirlo de una vez, una ensoñada violación silenciosa, sin consecuencias. Pero había un antecedente en esa suerte de neobotánica del deseo que entonces no conocíamos: las Hortensias, concebidas por un hombre singular: Felisberto Hernández, pianista itinerante y escritor del Uruguay que fingió su propia muerte y tomó en préstamo la vida de un medio hermano recluido en un manicomio desde los tiempos en que escribió *Las Hortensias* y en cuya existencia se inspiró ese relato abismal. Al menos eso fue lo que llegué a creer durante los últimos tiempos, posteriores a la muerte infame de Klaus.

Había decidido cerrar la fábrica de muñecas. Una firma japonesa se había interesado en comprar la franquicia de las Violetas —registradas por Klaus, que había tenido casi desde un principio la visión de lo que podían representar— para comercializarlas a gran escala. A pesar del duelo, casi se me dibujaba una sonrisa sólo de pensar que en los viveros y florerías de todo el mundo se vende desde hace años una elegante y extraña flor de pétalos invertidos, de colores vivos y evanescentes, pero sin aroma: el cyclamen, mejor conocido como violeta imperial japonesa. Y ya podía imaginarme a las nuevas Violetas japonesas con rasgos y contornos más finos y esos enormes ojos de las caricaturas y cómics orientales, llenos de asombro e inocencia indescriptibles. La verdad es que no me decidía: las Violetas eran un asunto de complicidad filial: tenían que ver con mi hija Violeta pero sobre todo fueron concebidas con ese hombre al que siempre me le rendí como a un padre. No sé si consigo explicarme.

Ante mi silencio, los japoneses triplicaron la oferta. Me di el lujo de decirles que necesitaba tiempo y me lo concedieron. Mientras tanto, persistí en desmantelar la fábrica. Indemnicé al personal. Las últimas Violetas, aquellas que no habían alcanzado destinatario porque dejé de atender los pedidos, dormían en sus cajas de madera como bellas niñas que hubieran muerto antes de florecer del todo. Aún no sabía lo que haría con ellas: eran demasiadas para mí y las que ya tenía no tolerarían una traición. Y la traición es una veleidad del alma para la que se necesita fuerza y determinación, facultades que yo no tenía —por lo menos en aquel momento—. Por el contrario, sin la entereza de Klaus, sin su presencia distante pero cierta como el horizonte y los puntos cardinales, me había convertido en un ser fracturado y vulnerable, un guiñapo —lo confieso sin vergüenza alguna—, una herida lamentable y doliente. La inoperancia de nuestro sistema judicial terminó por cerrar el caso después de que el detective al cargo intentó inculpar sucesivamente a un vecino nuevo del edificio donde vivía Klaus, con quien el siempre impasible alemán había tenido un altercado por los ladridos de su mascota; después a Clara, porque encontraron la tarjeta de la perfumista en una bolsa de la pijama que llevaba puesta cuando lo encontraron muerto, y por último, a mí. Es decir, no tenían nada. Seguramente hubieran declarado "suicidio imprudencial", arguyendo que había sido presa de sonambulismo y que por eso aquella madrugada, antes de arrojarse por el cubo de las escaleras, dijo en sueños unas palabras en alemán que precisamente había escuchado el vecino del perro. Eso hubieran dicho de no ser por la evidencia de que habían forzado la puerta de su departamento y porque encontraron pequeñas cajas de madera vacías —nunca las vi, pero supongo que eran, en dimensiones menores, del mismo tipo que las que usábamos para transportar a las Violetas adolescentes—, desperdigadas en el estudio con la intención firme —ahora puedo entenderlo— de provocar sospechas sobre su contenido.

Fue una noche lluviosa —estaban por cumplirse siete meses del asesinato de Klaus—, cuando me apersoné en el despacho que le había servido de oficina y guarida. Ahí estaba su mesa de diseño con el último volumen que habíamos compartido juntos: un ejemplar sobre flores orientales que la propia Violeta le había conseguido en una librería de Bloomsbury y enviado con motivo de su último cumpleaños. Ahí también, en el fondo, la puerta entreabierta que conducía a su privado, ese cuarto pequeño y ensimismado donde contemplé por primera vez las imágenes contagiosas de Bellmer. Tuve que armarme de toda la resignación posible para traspasar el umbral. Tan pronto encendí la luz descubrí una foto de gran formato en la pared que no estaba la última vez que, aprovechando que Klaus se había ido de vacaciones, me decidí a entrar. La verdad es que solía hacerlo siempre que podía: a ese grado me intrigaba su mundo reservado y, en gran medida, inaccesible. Se trataba de una fotografía de la muñeca de Bellmer que nunca antes había visto: junto al rostro de perfil de la joven, rozando apenas su torso disectado e incompleto, emergía una figura evanescente que miraba a la cámara en una suerte de autorretrato fantasmal: mucho más joven que el que yo recordaba, pero sin sombra de duda, Klaus Wagner.

No tuve tiempo de reponerme. Nerviosos e insistentes toquidos golpeaban el cristal opaco de la puerta de la oficina. A mi llegada, le había dado instrucciones precisas al velador para que, por ningún motivo, me interrumpiera. Me precipité hacia el acceso y en un par de zancadas crucé el despacho: ahora que me había decidido a enfrentar los últimos vestigios de Klaus, no me permitían hacerlo. Tiré de la puerta con furia, sin saber que en realidad le franqueaba la entrada al destino.

En vez de la figura hosca del vigilante, apareció un hombrecito de cabellos revueltos, de mirar pícaro pero benevolente, un poco rechoncho de modo que la gabardina apenas le cerraba, y mucho menos anciano de lo que yo hubiera esperado en un hombre de noventa años. Se apoyaba en un bastón de hueso blanco y traía un cartapacios púrpura bajo el brazo. ¿Quién diablos podía ser este hombre? ¿Cómo es que el velador lo había dejado pasar tan impunemente?

—Perdonará usted el atrevimiento, pero debemos hablar. Soy Horacio Hernández, H. H., ¿ya no me recuerda? De prisa, de prisa, que no hay mucho tiempo.

Y sin esperar respuesta, adelantó el bastón, destrabó mi mano que aún se hallaba prendida al picaporte y cerró escrupulosamente la puerta, sin darme tiempo a entender nada. Dio un par de pasos y de pronto, dejando el cartapacios en un mueble lateral, con la mano disponible se sacudió unos goterones que traía en las solapas de la gabardina.

—Es que esta noche habrá menuda tormenta. ¿Está enterado, señor Mercader? Lo anunciaron por la tarde en el meteorológico nacional.

XXIV

No había mucho tiempo pero la tormenta que empezó a caer esa noche apenas el hombrecillo traspuso el umbral, duró más de una hora y en todo ese tiempo, el anciano que se hacía llamar H. H., prácticamente no paró de hablar. Anonadado al principio, lo observé caminar de un lado a otro de la oficina, blandir su bastón, agitarse, gesticular. Incluso, amparado por la sordina exterior de la lluvia, alzar la voz y gritar. Conforme lo veía adueñarse del espacio como un actor dotado y lo escuchaba desgranar sus historias impías, fui entrando en un estado de angustia febril que me hizo dudar de todo, incluso de estar sentado tras al escritorio de Klaus en compañía de este hombre demente. Tal vez, me decía yo mismo, por alguna razón cercana al dolor, estaba desvariando y me inventaba personajes e historias absurdas. Por un momento, pensé en el conejo de *Alicia en el país de las maravillas* que sacaba a cada rato su reloj y gritaba frenético: "¡Se hace tarde... se hace tarde!"

Y seguro enloquecía, porque apenas había pensado en el personaje de esa historia delirante, cuando el viejecillo se apartó un poco la gabardina y sacó de la bolsa del chaleco un reloj de leontina. Y tras echar una ojeada en la carátula, sentenció: "Se hace tarde..."

¿Y cómo no iba a pensar que había perdido la razón si H. H., o quien quiera que fuese en realidad aquel hombre, había comenzado diciéndome que él sabía quién había asesinado a Klaus Wagner, pero para que pudiera entenderlo y dar crédito a sus palabras debía revelarme dos historias aledañas? La primera, por supuesto, le concernía y tenía que ver con los motivos de su muerte fingida después de años de persecución y acoso. Por supuesto, al principio, había acudido con el director del hospital adonde lo recluyeron durante semanas luego del primer intento de "suicidio". El director, que era devoto de las historias de detectives, vio la oportunidad de ser partícipe de una de ellas y llamó al jefe de la policía. Al principio, mientras Horacio o Felisberto Hernández mencionaba que una de sus mujeres —una española de nombre María Luisa— había sido espía de la KGB, el hombre se mostró interesado, pero cuando el escritor añadió que aquella agencia de espionaje internacional era uno de los nombres de una organización más vasta que tenía como propósito limpiar el pecado de la lujuria del mundo, librarlo de las tinieblas de la carne y dar paso a la luz de la pureza más absoluta, el jefe de la policía sencillamente se echó a reír a carcajadas. Ese día H. H. o F. H. salió del hospital con la advertencia de que podrían recluirlo en un sanatorio de enfermos mentales si persistía con sus invenciones. "Tengo entendido que sos un escritor promisorio. ¿Por qué no seguís escribiendo historias en vez de pretender vivirlas en la realidad?", le había dicho el hombre mientras se sacaba un pequeño libro en octavo del saco y se lo ofrecía al escritor explicándole: "Es que aquí mi amigo el doctor me pescó en casa y mi mujer, que es lectora de los autores nacionales, me ha pedido un autógrafo..." Hernández no pudo evitar sentirse halagado. El pequeño volumen estaba encuadernado con pastas púrpura, de modo que no vio el título sino hasta que lo tuvo en sus manos y buscó las páginas preliminares. Entonces, se le cayó de las manos la estilográfica que acababa de alargarle el doctor y el libro empastado que le había dado el jefe de policía. Se trataba de un ejemplar de *Las Hortensias*.

—¿Pero es que no lo entiende, señor Mercader? —me decía aquel hombre crispado ante mi inmovilidad estupefacta—. ¿No le dije antes que mi hermano, es decir yo cuando todavía no imaginaba las sombras que iban a cercarme, había escrito un relato titulado con ese mismo nombre, el cual nunca vio la luz pues toda la edición pereció en un incendio del taller tipográfico, junto con el único manuscrito que yo poseía? ¿Va entendiendo usted ahora de la perversidad de la que le hablo? Pero, claro, tendría usted que saber que ese escrito estaba basado en hechos palpables, que las Hortensias existieron como ahora sus Violetas de inocencia irreprochable. ¿Ya no recuerda a la morocha del antifaz que le envié hace algunos años? ¿Tan insatisfecho lo dejó la esplendidez de sus carnes frente a la tersura de sus pequeñas insolentes que ya la desechó de su memoria?

Negué rotundo con la cabeza.

—Le parecerá que exagero. Permítame decirle que para un escritor sus escritos son su vida: no hay otra razón para la existencia (por eso, para proteger mis historias de la devastación en que quieren sumirme, me he inventado un sistema de escritura personal e infalible: ¿sabe usted que alguna vez, además de pianista itinerante, fui taquígrafo?). Pero si eso no fuera suficiente podría yo contarle las circunstancias en que murió mi esposa María Hortensia, a quien para su desgracia, dediqué ese relato que nunca llegó a leer impreso..., o el modo en que pereció el pequeño Horacio antes de que me decidiera a tomar en préstamo su vida... Pero se hace tarde y le he prometido revelarle quién, antes bien, quiénes dieron muerte a su amigo Klaus Wagner.

Entonces, a pesar de que la lluvia continuaba copiosa y un trueno acababa de cimbrarse por los alrededores, el hombrecillo que decía ser el escritor Felisberto Hernández, dijo en un susurro un nombre. Un nombre compuesto y clandestino. Hubiera debido reírme como el policía de su relato de no ser porque eso hubiera supuesto que ya sabía de qué hablaba, que incluso era uno de sus miembros y, por lo tanto, me encontraba a salvo. Pero también hubiera podido reír porque todo aquello sonaba a una historia descabellada, producto de la mente de un hombre senil con delirios de persecución mesiánica. Recordé entonces que yo había recibido años atrás una Hortensia enviada por H. H., lo mismo que aquel *souvenir* con la imagen de una chiquilla idéntica a mi hija Violeta cuando tendría doce años, casi desnuda y apenas cubierta por un capullo de finísimas plumas que se movía con el aliento de los deseos que despertaba. Desde el primer momento, Klaus había dicho que debía preocuparme por estos envíos y los que siguieron, y era precisamente ese remitente que ahora se había apersonado en la fábrica, quien iba a revelarme información sobre su asesinato infame. El viejecillo había apoyado las manos en el escritorio y murmuraba ya el nombre de los responsables. En medio de la lluvia torrencial, más que escuchar aquel nombre execrable, lo leí en los labios de H. H. que lo pronunciaron reverencialmente: la Hermandad de la Luz Eterna.

XXV

—Se hace tarde... —dijo el hombrecillo que ahora se hacía llamar Felisberto Hernández mientras acariciaba nerviosamente el mango de su bastón de hueso. Por fin se había sentado en la poltrona que quedaba frente al escritorio. Por fin, nos hallábamos cara a cara. Suspiró para hacer acopio de concentración y fuerza, y entonces continuó—. Tendré que abreviar lo más posible. Sé que aún duda de mis palabras. ¿Sabe usted, señor Mercader, que su admirado Hans Bellmer, ese artista extraordinario, también fue cercado por los Hermanos? Es decir, por su equivalente en Europa, porque puedo asegurarle que están diseminados por todos los confines del planeta. Si no ha oído hablar de ellos con el nombre que acabo de mencionarle es porque aunque abogan por la luz, trabajan en la sombra. Llevo casi cuarenta años rehuyéndoles, y por eso he aprendido a escuchar sus pasos, a discernir las secretas maneras en que se comportan. Antes le he dicho que creía que su propósito era limpiar el pecado de la lujuria del mundo porque la consideran la herida original, pero he descubierto que su monstruosidad es todavía mayor porque pretenden instaurar un mundo sin matices, abolir la oscuridad, purgar las tinieblas y dar paso a la luz eterna. En ese orden de cosas, se han erigido en inquisidores. Reacios a entender que el mal se halla también en la mirada de quien juzga, han sido capaces a lo largo de la historia —porque sí, se asombraría usted de saber los nombres con los que se han disfrazado en otras épocas y los que tienen hoy en día— de recurrir a los medios más infames y ruines a fin de lograr sus ideales. Y lo disfrutan. Ah cómo disfrutan castigar la mirada que los confronta: la que los hace sospechar de su propia perversidad. Por eso castigaron a Bellmer, por eso mataron a su amigo Klaus, por eso me llevaron a falsear mi propia muerte, por eso han comenzado a acorralarlo a usted, pero ¿es que no se da cuenta? No me mire con esos ojos. Por supuesto que en ninguna biografía del artista alemán encontrará usted lo que voy a revelarle. Efectivamente, Bellmer no murió a manos de ellos, pero estuvieron cerca. ¿Sabía usted que su última mujer, la escritora Unica Zürn, se suicidó frente a sus narices? Lo que los libros registran es que ella acababa de salir del hospital, donde había estado semanas recuperándose de un brote psicótico. Tan pronto la dieron de alta, se dirigió al piso de Bellmer. Lo que hablaron, lo que se dijeron y no, nadie puede saberlo. Sólo que cuando Bellmer regresaba con un té de arándanos para Unica, la encontró de pie sobre el pretil de la ventana, a punto de arrojarse. Ningún libro registra lo que yo sé. Sé que Bellmer se quedó estupefacto y que murmuró un suave, tenue "Unica... no", pero una voz afuera del edificio, una voz que sólo escucharon las palomas de las cornisas cercanas, la anciana del piso inferior y el propio Bellmer —aunque mucho tiempo creyó que había sido una alucinación—, esa voz ordenó: "¡Salta!" Y claro, Unica obedeció. ¿No me cree? Lamentablemente no puedo confiarle las fuentes que me llevaron al testimonio de la anciana, ni hay tampoco tiempo para extenderse en esos detalles. Pero de ser cierto lo que acabo de revelarle, ¿puede usted comprender ahora, señor Mercader, el alcance siniestro de la Cofradía de la que le hablo?

Yo había leído algo de la vida de Bellmer y sabía que su última mujer se había suicidado en su presencia, una muerte de la que sólo pudo liberarse unos pocos años después, cuando el propio artista falleció consumido de cáncer y remordimientos. F. H. hizo una pausa que aprovechó para pasarse el dorso de una mano por la frente. No me había dado cuenta, pero, sí, sudaba. La otra mano siguió asiéndose del bastón como si lo necesitara para recuperar energías. Y era preciso. Si bien la tormenta había menguado un poco, aún debía esforzarse para que su voz fuera suficientemente audible si quería terminar su relato. Entonces, cuando había respirado un poco, colocando la mano disponible encima de la otra que se mantenía en el bastón de hueso, prosiguió ante mi consternación absoluta.

—¿Sabe usted cómo se dice en alemán "¡salta!"? Yo lo sabía desde niño: en Uruguay hay una fuerte comunidad de alemanes que escaparon de la guerra y varios de mis amigos lo eran. Así pues yo conocía la palabra aunque sólo después me la repetiría noche tras noche, como una suerte de conjuro que me evitara mi propia caída. Ahora soy un anciano pero me sigo aferrando a la vida porque hacerlo es tan inevitable para mí como el acto de la ficción y de la escritura. "Spring!", "¡Salta!", me digo precisamente para no saltar. "Spring!" fue lo que le ordenaron a su amigo Klaus Wagner. ¿Está listo por fin para aceptar que, así como mis Hortensias prohibidas, las Violetas niñas fueron uno de los motivos principales detrás de esa orden?

Fue como si me dijera que yo mismo había matado a Klaus. A pesar del delirio que me mareaba y me hacía temblar de pies a cabeza, me alcé del asiento y lo enfrenté.

—No estoy muy seguro de entender todo lo que me ha dicho, ni mucho menos de creerlo. Pero, si es verdad lo que usted dice, ¿por qué Klaus? Entiéndame, no pretendo envanecerme, las Violetas, usted lo sabe, nacieron de una pasión ilícita: la mía. Fui yo quien las concibió. En todo caso, yo soy el verdadero culpable...

—La verdad es demasiado terrible. ¿Está usted dispuesto a escucharla, señor Mercader?

Mi silencio era una mezcla de incredulidad e indignación.

—¿Sabía usted que él, su amigo Klaus Wagner, fabricaba muñecas por su cuenta? Eran una verdadera obra maestra esas Violetas de cinco, seis años, incluso más pequeñas según el gusto pederasta del cliente. ¿No me cree? Puedo probárselo.

No quise escucharlo más. Dejó de importarme que fuera un hombre anciano, que fuera el escritor que decía ser, que hubiera creado en la ficción, en la realidad, o en ambas, aquellas delirantes muñecas prohibidas llamadas las Hortensias. Hay de perversidades a perversidades. No podía permitirle a él ni a nadie que me acusara de ser el responsable de la muerte de Klaus Wagner ni que mancillara así la memoria de mi amigo, mi verdadero padre, el hombre que siempre me aceptó sin importar lo que yo fuera. Saqué al hombrecillo a empellones de la oficina. Era más fuerte de lo que hubiera esperado. Intentó calmarme; me decía: "Escuche, Julián, escuche, se hace tarde". Le contesté que era un rematado demente y un escritorzuelo fracasado, y azoté la puerta y puse llave. Tardó varios minutos en recomponerse, toser y finalmente marcharse. Pero su sombra opaca se perfilaba a través del vidrio esmerilado completamente erguida al momento de alejarse. No me extrañó que se colocara el bastón bajo el brazo y que caminara ligero como si, tras terminar su acto, se hubiera quitado el disfraz de varios años de encima. Hubiera querido gritarle "farsante" pero la cabeza me estallaba. Me derrumbé y cerré los ojos pretendiendo anular el dolor y la turbulencia que de pronto había cobrado el mundo. Mi mundo.

La tormenta había cesado por completo cuando levanté finalmente el rostro. Al hacerlo, descubrí en la mesita lateral el cartapacios púrpura que el hombrecillo traía consigo al llegar y que debió de haber olvidado con su salida forzada. Iba a arrojarlo con furia al cesto de basura no fuera a ser que contuviera una nueva infamia, cuando se me resbaló de las manos y las hojas volaron como palomas sedientas. Me llamó la atención —pero el hecho no podía ya sorprenderme— que sólo en una de ellas pudiera leerse un par de frases inteligibles.

Obras póstumas
(Mi vida como muerto)
por
Felisberto H. Hernández

El resto era literalmente el paso de numerosas huellas de paloma: los rasgos de una escritura taquigráfica indescifrable.

XXVI

"Sólo la muerte y los sueños son silenciosos. No vayas a despertarte: ¿por qué no saltas de una vez?" Y claro, entonces me desperté. Estaba en un cuarto de hospital. A mi lado, Isabel murmuraba palabras en mi oído. Me decía: "Eres un maldito criminal, un loco depravado... no sé por qué sigo preocupándome". Yo tampoco lo sabía. La mujer del servicio me había encontrado desmayado en mi casa cuando llegó a hacer la limpieza por la mañana y la había llamado a ella. Había tenido el primer infarto de mi vida. Fulminante, o casi. Quince minutos más tarde y hubiera sido imposible salvarme, habían dicho los doctores. Esa mañana, quince minutos antes del infarto, había recibido una llamada de F. H. H., o como quiera que se llamase aquel hombre. Brevemente, porque se hacía tarde, me alertaba de lo que vendría. Por principio de cuentas, que dos Violetas pequeñas, de la cepa que él seguía atribuyendo a Klaus, habían sido enviadas en sus cajas de madera, una a la dirección de mi cuñada, y la otra a Violeta en Manchester. Que el remitente no era otro que Julián Mercader, o sea yo mismo.

"La Hermandad tiene maneras impredecibles de actuar y ahora lo ha elegido a usted. Nada en nuestras vidas es fortuito: aunque desconozcamos el sentido del rompecabezas, todo termina encajando en el lugar propicio. Por ejemplo, ignoro por qué a su amigo Klaus lo atormentaron como lo hicieron. No le dije los detalles porque no me dio usted tiempo. Fue muy descortés de su parte, señor Mercader, tratarme como lo hizo. Pero no le guardo rencor. Por el contrario, me preocupa su integridad física y debo añadir... mental. Por eso es que vacilo ahora en revelarle lo que voy a decirle, pero si no se lo digo yo, algún otro miembro de la Hermandad se encargará de hacerlo. Además, espero le servirá para tomar providencias. Usted, como la policía y la prensa, piensa que su amigo Klaus Wagner murió por las fracturas que le provocó la caída desde el quinto piso del edificio donde vivía. Un reporte más detallado y atento del forense hubiera encontrado una agresión previa, una necrosis de tejidos, un estallamiento de una parte íntima y específica de su cuerpo que fue perpetrado horas antes con un objeto semejante a un mazo... ¿Sabe usted a qué órgano me refiero, verdad? ¿No me responde nada, señor Mercader? ¿Acaso estoy haciendo estallar yo mismo ahora su corazón con estas palabras que le digo? ¿O me sigue considerando un escritorzuelo fracasado, un loco bien piantado que sólo inventa historias y delirios? Permítame decirle que en realidad usted no sabe nada de mí. Usted no conoce más que algunos de mis nombres. Soy Horacio Hernández, soy Felisberto, puedo ser Klaus Wagner o Julián Mercader... Seré lo que sea necesario. Yo no soy nadie, soy muchos. Soy multitudes. Soy legión. Lo que haga falta para salvar al mundo de las tinieblas. Para inundarlo de luz."

Entonces un dolor punzante me atravesó el brazo y se abrió camino hasta mi pecho. Literalmente, el corazón me estallaba. Y una oscuridad absoluta me envolvió en el sudario de su noche.

Pero no fue una noche permanente. De todos modos sé que sólo se trata de una tregua. Desde que salí del hospital intenté hablar con Violeta pero se ha negado a recibir mis llamadas telefónicas. Hasta hoy. Sólo que en esta ocasión ha sido ella quien me ha buscado. Su voz, más oscura que de costumbre, ha dicho sólo tres frases. Una pregunta, una afirmación y una orden. La verdad, las esperaba. La verdad, no me las hubiera imaginado en sus labios. Ha preguntado clara, frontalmente: "¿Por qué me reemplazaste?", y luego tras un largo silencio, "Voy en camino... Espérame". Y no he hecho otra cosa que ponerme al borde del abismo y obedecerla con la certeza de un advenimiento, una bienaventurada anunciación.

XXVII

Tal vez no todo se haya perdido si algunas de estas palabras encuentran un destino diferente a la hoguera; si alguien llega a conocerlas y no me condena del todo.

XXVIII

Ya se aproxima mi hada. Mi ninfa del bosque. Mi amazona. Mi sacerdotisa. Su aroma dulce y cruel remonta las oquedades del sueño. Por un momento —pero muy breve, lo confieso—, la he confundido con la Desnombrada al escucharle murmurar que por fin ha de sembrarme en el vientre un nombre y un rostro verdaderos. Sus ojos son hipnóticos: espirales de éxtasis congelado. Su deseo frontal empuña ahora el filo luminoso de mi propia alborada. No será eterna esta noche.

Agradecimientos

Este libro surgió de un sueño que me fue confiado. Su hechura se realizó en cuatro meses febriles, y fue providencial que gozara yo de una beca del FONCA para dedicarme por completo a esta labor. Desde Washington, un amigo invaluable, Juan Luis Arciniega, me hizo llegar dos libros de arte con la obra y la vida de Hans Bellmer, inencontrables en México. Otro amigo entrañable, Hugo J. Verani, en sus viajes a Montevideo, me consiguió un par de biografías de Felisberto Hernández que me permitieron entretejer mejor vida y ficción del secreto escritor uruguayo. Hugo también revisó el manuscrito y se lo envió a mi admirada Cristina Peri Rossi. De la lectura pródiga de ambos, lo mismo que la de Rosa Beltrán, Eduardo Manet, Fernando Aínsa y Joaquín Díez-Canedo Flores, surgió la confianza para publicar el libro que el lector tiene en sus manos.